Amoureuse du cheikh

JANE PORTER

Amoureuse du cheikh

COLLECTION AZUR

*éditions*Harlequin

Si vous achetez ce livre privé de tout ou partie de sa couverture, nous vous signalons qu'il est en vente irrégulière. Il est considéré comme « invendu » et l'éditeur comme l'auteur n'ont reçu aucun paiement pour ce livre « détérioré ».

Cet ouvrage a été publié en langue anglaise
sous le titre :
KING OF THE DESERT, CAPTIVE BRIDE

Traduction française de
BARNABE D'ALBES

83-85, boulevard Vincent-Auriol, 75013 PARIS — Tél. : 01 42 16 63 63
Service Lectrices — Tél. : 01 45 82 47 47
ISBN 978-2-2808-4884-8 — ISSN 0993-4448

Prologue

Khalid Fehr consultait le registre des annonces légales sur internet plusieurs fois par mois. Et malheureusement, il était familier de ce genre de messages. Pourtant, il relut encore les quelques lignes qui avaient capté son attention :

Américaine déclarée disparue au Moyen-Orient.
Demande aide d'urgence.

Ma sœur a disparu il y a deux semaines, sans laisser de trace. Elle s'appelle Olivia Morse, mais son surnom est Liv. Elle a vingt-trois ans et mesure 1m 64 pour 47 kilos. Cheveux blonds, yeux bleus. Elle ne parle que quelques mots d'arabe et est plutôt timide. Si vous l'avez aperçue ou si vous savez où elle se trouve, merci de m'adresser un message au plus vite. Sa famille est au comble du désespoir.

La dernière phrase résonnait en lui. Sous sa tente, devant son ordinateur portable, Khalid sentit un poids lui comprimer la poitrine.

« Au comble du désespoir. » Mieux que quiconque, il savait ce que signifiait se désespérer au sujet d'un membre de sa famille. Autrefois, il avait eu deux sœurs, et du jour au lendemain, elles lui avaient été arrachées.

En remontant plus haut sur la page, il trouva un précédent avis signé du même Jake Morse :

Américaine disparue ! Si vous avez vu cette femme, je vous en prie, veuillez m'appeler ou m'adresser un message dans les plus brefs délais.

Khalid cliqua sur le fichier attaché au message. La connexion satellite était lente, mais il vit le cliché en noir et blanc s'afficher peu à peu.

Une photo de passeport.

Des cheveux d'une blondeur lumineuse. Des yeux clairs comme une crique océane. Une peau diaphane, presque translucide. Elle était vraiment très jolie. Mais ce qui retenait surtout son attention, c'était l'expression de la jeune femme : elle souriait timidement et levait de grands yeux curieux, pleins d'espoir, vers l'objectif.

Pleins d'espoir…

Sa gorge se serra, et il s'enfonça dans son siège.

Sa sœur Aman avait elle aussi posé ce regard-là sur le monde, autrefois. Elle n'avait pas hérité de la nature extravertie et fantasque de Jamila, mais son subtil sens de l'humour et sa douceur faisaient déborder son cœur de tendresse fraternelle. Et quand elle s'était éteinte à l'hôpital, une semaine après la mort de sa jumelle, Khadir avait senti son âme se briser. Oui, ce jour-là, il avait compris qu'il ne serait plus jamais le même.

Les yeux embués d'émotion, il contempla encore le portrait de cette jeune Américaine et chercha à se représenter les circonstances de sa disparition. Etait-elle malade ? Blessée ? Morte ?

Avait-elle été kidnappée ? Assassinée ? Violée ?

Ou avait-elle simplement choisi de s'évanouir dans la nature, pour refaire sa vie loin des siens ? A moins qu'elle n'eut tenté de fuir quelqu'un ou quelque chose ?

Après tout, ce n'était pas ses affaires, se dit-il en se levant. Il y avait dix ans qu'il avait quitté la ville et la civilisation pour vivre ici, dans le désert, loin de la violence des hommes, de leur vacarme et de leurs crimes. S'il avait choisi la solitude, c'était parce qu'il ne supportait pas le mode d'existence mené par la plupart des gens.

Mais s'il s'était agi de sa sœur, qu'aurait-il fait ? Comment aurait-il réagi, si Aman ou Jamila avait été portée disparue ?

Cette question était stupide, songea-t-il, agacé. En tant que princesses de sang royal, ses sœurs avaient bénéficié d'une protection rapprochée à chaque minute de leur vie.

Pourtant… Il ne connaissait pas ce Jake, mais il percevait la supplique, l'appel au secours, dans ces quelques lignes jetées sur la toile comme une bouteille à la mer.

Se retournant vers l'écran, Khalid regarda encore la photographie d'Olivia Morse — vingt-trois ans, un mètre soixante-quatre et quanrante-sept kilos…

Serrant les poings, il sortit de la tente et appela l'un de ses hommes.

Il vivait peut-être dans l'immense désert de Sarq, il était certes devenu un cheikh nomade, mais il n'en restait pas moins un membre de la famille royale des Fehr, et il disposait d'un immense pouvoir grâce à son titre et à sa fabuleuse fortune.

Si une personne au monde pouvait retrouver cette Américaine, c'était bien lui.

1.

Il l'avait retrouvée.

Il lui avait fallu trois semaines. Ainsi qu'une jolie somme d'argent, l'aide du secrétaire d'Etat de Sarq, beaucoup de savoir-faire dans les pourparlers, quelques promesses, menaces et tractations secrètes… Mais enfin, il allait la voir.

Khalid suivit la surveillante et se baissa en pénétrant dans le long couloir de la prison d'Ozr, dans l'aile réservée aux femmes. Le lieu était sinistre, et les odeurs âcres qui flottaient dans l'air lui retournaient le cœur. Sa guide s'arrêta devant une grille où une autre femme examina attentivement ses papiers. Dans sa longue robe noire qui la couvrait jusqu'aux sourcils, elle prenait tout son temps, visiblement désireuse de rappeler qu'elle était en position de force : mais Khalid se retint de laisser échapper un soupir d'impatience. La réputation d'Ozr n'était plus à faire. C'était l'une des pires prisons du monde, trop connue pour son mépris des droits de l'Homme…

Enfin, la femme releva les yeux vers lui et hocha brièvement la tête.

— Suivez-moi, dit-elle.

Il obtempéra, s'engouffrant dans un nouveau corridor aux murs dégorgeant d'humidité. Il y avait des siècles que cette antique forteresse avait été transformée en prison.

On disait qu'on entrait à Ozr, mais qu'on n'en sortait jamais. C'était un aller simple. Environ dix ans plus tôt, l'un des meilleurs amis d'enfance de Khalid avait été conduit ici, après une banale altercation dans un bar de Jabal... Et malgré tous les efforts de son père, le puissant souverain de Sarq, il avait été impossible de le faire libérer.

Aujourd'hui, Jabal était un Etat dictatorial, extrêmement dangereux. Sa frontière avec l'Egypte incitait tous les guides touristiques du monde à recommander aux voyageurs de ne surtout pas s'y aventurer. Visiblement, Mlle Olivia Morse avait cru pouvoir négliger ce conseil.

La surveillante s'arrêta devant une cellule, et Khalid se pencha pour regarder au travers des barreaux de la lucarne, tandis que la clé tournait dans la serrure.

Une petite forme recroquevillée sur elle-même se tenait au centre de la pièce vide, dans une robe de toile épaisse qui laissait à peine entrevoir une mèche blonde...

Olivia.

En la découvrant pour la première fois, Khalid sentit un nœud étrange se former en lui.

La jeune femme fraîche et candide de la photographie avait disparu. Et la pauvre créature amaigrie qui se tenait devant lui, enveloppant ses deux genoux de ses bras, semblait absente... Comme à demi morte.

— Olivia Morse ? s'enquit-il en franchissant le seuil de la cellule.

Sa tête se releva sensiblement, mais elle ne répondit pas.

— Vous êtes bien Olivia Morse ? insista-t-il.

Liv resserra ses bras autour de ses genoux et chercha à se faire toute petite. Si elle se concentrait de toutes ses forces, elle parviendrait peut-être à croire qu'elle n'était pas vraiment là, et qu'il n'y avait pas un homme debout près d'elle, s'apprêtant à lui faire subir un autre de ces interminables interrogatoires qui s'achevaient toujours de la même façon, par le jet d'eau glacée.

Quand donc comprendraient-ils qu'elle était incapable de leur fournir les informations qu'ils espéraient ? Qu'elle était dans le même flou qu'eux ? Qu'elle avait été dupée ? Prise au piège…

Elle posa son front sur ses genoux et ferma les yeux. Oui, si elle fermait les yeux très fort, elle parviendrait peut-être à disparaître, à leur échapper, à se retrouver chez elle, en Alabama.

Oh, Seigneur, sa maison lui manquait tant ! Et sa famille ! Jake, sa mère, tout le monde, là-bas.

Si seulement elle n'avait pas rêvé de pyramides, de collines de sable rougeoyant sous le coucher du soleil et des rives du Nil, si seulement elle ne s'était pas mis en tête de faire de longues promenades à dos de chameau et de vivre des aventures exotiques en visitant des tombes millénaires…

Eh bien en ce moment, elle serait toujours chez elle, heureuse, à réserver des voyages à l'autre bout du monde pour les clients de l'agence.

— Olivia !

L'homme avait prononcé son prénom avec plus de force, cette fois. Et elle sentit la peur renaître en elle.

— Je ne sais pas, dit-elle en s'efforçant de ne rien laisser paraître de sa panique. Je ne sais pas qui est cette femme, et…

— Nous parlerons de ce qu'on vous reproche plus tard, coupa-t-il.

Il parlait un anglais parfait. Un anglais sans accent, sans commune mesure avec celui des geôliers, comme s'il n'était rien de moins que l'héritier direct de Shakespeare. Son intonation empressée retint également son attention : il n'arborait pas la confiance insolente de ceux qui menaient l'interrogatoire.

Relevant les yeux vers lui, elle découvrit avec étonnement

que la robe qu'il portait était décorée de galons d'or. C'était une *dishdashah* de soie — la longue robe traditionnellement portée dans tout le golfe arabique. Il était coiffé d'un turban de soie blanche ne laissant pas apparaître un seul de ses cheveux. Les traits de son visage étaient d'une rare pureté — bien que durs, très marqués. Son nez droit, ses lèvres ourlées et son teint d'ambre brûlé rappelaient la physionomie d'un pharaon.

— Je suis venu vous chercher, poursuivit-il, mais nous n'avons pas beaucoup de temps.

A ces mots, Liv sentit son cœur battre follement. Mais elle hésitait encore entre l'espoir et la terreur. D'un geste maladroit, elle se releva, lissant l'horrible toile de sa robe. Tous ses vêtements lui avaient été confisqués à son arrivée. La bande de linge râpeux qu'elle sentait entre ses cuisses pouvait tout juste prétendre s'apparenter à une culotte.

— Qui vous a envoyé ? demanda-t-elle, soupçonneuse.

L'expression de l'homme n'était ni amicale, ni même encourageante.

— Votre frère, répondit-il sobrement.

— Quoi ? *Jake* ?

— Il m'a demandé de m'occuper de vous, confirma-t-il en hochant la tête.

Elle sentit le sol se dérober sous ses pieds et s'appuya au mur humide tandis qu'une larme perlait au coin de ses yeux. Oh, combien son frère devait se morfondre, depuis des jours et des jours…

— Jake sait que je suis ici ?

— Il sait que je vous cherche.

Liv ravala le sanglot qui l'étranglait et serra les poings.

— Ils ont dit que je ne sortirais jamais d'ici, lança-t-elle d'une voix vacillante. Ils ont dit que je n'avais pas un espoir, tant que je n'aurais pas donné une liste de noms.

— Ils ignoraient que vous avez le soutien de gens très influents, répliqua-t-il.

Elle le dévisagea avec stupeur et sentit un léger vertige la gagner.

— Je… *Moi* ?

— Oui. Maintenant, c'est le cas.

Incapable de contenir l'espoir qui la débordait, elle se mit à trembler.

— Comment cela ? Pourquoi ?

— Je suis le cheikh Khalid Fehr, et je représente la famille royale de Sarq, répondit-il. Ce sera un exploit diplomatique de vous faire sortir d'ici aujourd'hui, et nous avons très peu de temps devant nous. Ecoutez, je dois en finir avec les papiers le plus rapidement possible, mais je reviendrai dès que…

— Non !

Liv n'avait pas voulu crier. Mais la panique faisait vibrer chacun de ses os, et sa voix s'était emballée toute seule.

— Non, reprit-elle plus bas. Je vous en prie, ne me laissez pas ici.

— C'est seulement l'affaire de quelques minutes, une demi-heure tout au plus, et…

— Non, supplia-t-elle, ne me laissez pas !

Durant un instant qui lui parut une éternité, l'homme resta silencieux. Le cœur battant à se rompre, elle guettait une réponse dans ses grands yeux sombres bordés de longs cils. Enfin, il lâcha :

— Ils ne vous laisseront pas partir si je ne remplis pas ces papiers. Mais je vous promets de revenir dès que ce sera terminé.

— Ne partez pas, murmura-t-elle encore. J'ai peur, ici. J'ai peur des gardes. De l'obscurité. J'ai peur quand certains prisonniers sont emmenés et qu'ils ne reviennent pas. La nuit, on entend des cris terrifiants…

— Je serai seulement au bout de ce couloir, reprit-il d'une voix où perçait un accent amical. Je reviens très vite.

— C'est ce que m'a dit l'ambassadeur américain quand il

est venu, mais je ne l'ai jamais revu, rétorqua-t-elle, amère, en songeant que tous ses espoirs pouvaient s'évanouir en une seconde.

Il la fixa un court instant avant de répondre :

— Il n'y a ni consul, ni ambassade américaine à Jabal. Aucun pays démocratique n'est représenté ici. Ils vous ont tendu un piège pour vous inciter à parler.

A ces mots, Liv sentit sa gorge devenir très sèche.

— Et vous, vous y participez ? Vous êtes du complot ? demanda-t-elle.

Il demeura silencieux un long moment.

— Tout dépend de ce que vous entendez par complot, dit-il très bas.

Un frisson glacé la parcourut de la tête aux pieds. Mais elle fixa cet intense regard posé sur elle et sentit la confiance revenir.

— Je ne sais plus que croire, admit-elle.

— Croyez ceci : je vais revenir, promit-il.

— Ne m'oubliez pas, murmura-t-elle.

— Je vous en donne ma parole. Et je serai de retour beaucoup plus tôt que vous ne le pensez.

Elle hocha la tête, mais sentit un autre frisson courir dans sa nuque. Malgré ce qu'il affirmait, elle savait que les gardes étaient capables du pire, ici. Ils agissaient en toute liberté, sans crainte de représailles.

Et tandis que les pas de l'homme résonnaient dans le long corridor, elle serra les barreaux de ses doigts glacés et pria en silence. « Revenez. Je vous en supplie, revenez. »

Liv avait l'impression que plusieurs heures s'étaient écoulées. Mais le cheikh revint, encadré de deux gardiennes.

Quand les portes de sa cellule s'ouvrirent et qu'ils lui ordonnèrent de sortir, elle ne sut d'abord que penser. Mais après une courte hésitation, elle alla se poster tout près du cheikh, décidant de s'en remettre à lui. De toute façon, avait-elle le choix ? N'importe quelle option valait mieux que de rester ici. Rien ne serait pire qu'Ozr.

Dans les tunnels noirs formant le labyrinthe de la prison, elle se serra plus étroitement contre celui qu'elle voulait voir comme son sauveur plutôt qu'un traître.

A l'instant où ils furent dehors, elle trébucha, portant ses mains à ses yeux en toute hâte.

Cette lumière…

Oh, cette lumière ! Il y avait si longtemps qu'elle n'avait pas vu le soleil.

— Vous vous êtes blessée ? demanda-t-il en lui prenant doucement le bras pour l'aider à se redresser.

Se libérant rapidement de son emprise, elle secoua la tête et se retourna vers l'homme qui éveillait en elle ce puissant mélange d'espoir et d'effroi.

— Je suis seulement éblouie, expliqua-t-elle.

D'un geste vif, il ôta ses lunettes de soleil et les lui tendit.

— Tenez, prenez-les. Il y a des semaines que vous n'avez pas vu le jour. Elles sont un peu grandes, mais elles vous aideront à accommoder votre vision.

Les montures glissaient sur son nez, et elle parvenait à peine à embrasser les environs du regard ; mais elle aperçut les hommes postés près d'une série de limousines et qui s'avancèrent soudain vers eux.

Aussitôt, elle se mit à trembler.

— N'ayez pas peur. Ce sont mes hommes. Ils sont là pour veiller à ce que nous parvenions à l'aéroport en toute sécurité.

Liv rassembla tout son courage et hocha la tête, mais un fond d'appréhension demeurait en elle. Et si tout cela était un coup monté ? Allait-elle être transférée vers une autre prison ? Un tribunal, peut-être ?

Oh, bon sang… Elle garderait cette peur chevillée au corps tant qu'elle ne serait pas auprès de sa mère et de Jake, chez elle, en Alabama. Quelle mouche l'avait piquée, de vouloir partir à l'autre bout du monde ?

Elle avait choisi un circuit du Maroc à l'Egypte à cause des magnifiques photographies présentées dans les brochures. En réservant le voyage, elle avait rêvé de visiter tous les ports au cours de sa croisière sur le Nil, de faire du shopping dans les marchés locaux, de déguster des pâtisseries fondantes à la pistache et au miel et de s'offrir une véritable aventure…

Jamais elle n'aurait imaginé être précipitée dans ce maelström infernal ! Surtout qu'elle n'était pas du genre tête brûlée : toute sa vie, elle avait été une jeune fille sage, respectant les règles et suivant les consignes en toute circonstance…

L'un des hommes ouvrit la portière d'une limousine à vitres teintées, et elle s'y engouffra sur l'injonction silencieuse du cheikh, qui vint bientôt s'installer près d'elle.

Elle avait mis sa vie entre les mains de cet homme dont elle ignorait tout.

— Est-ce que je peux vous faire confiance ? demanda-t-elle d'une voix altérée par la crainte.

Elle avait à peine prononcé ces mots qu'il lui retourna un regard sombre, presque dur :

— J'ai mis mon nom et ma réputation en jeu pour vous, rétorqua-t-il. Alors à moi de vous poser la question : puis-je vous faire confiance, Olivia Morse ?

Ses pommettes étaient hautes, saillantes. Sa mâchoire carrée semblait crispée, et elle sentit un étrange frisson naître en elle. Elle avait la nette impression de se trouver face à un tout autre genre de situation que celui auquel étaient confrontés, d'ordinaire, un homme et une femme. Mais à la vérité, son expérience en la matière était plutôt réduite. Le seul homme qu'elle connaissait parfaitement était son frère Jake — et Jake était l'incarnation de la simplicité.

En revanche, le cheikh avait l'air d'un spécimen masculin particulièrement complexe.

— Bien sûr, que vous pouvez me faire confiance, répondit-elle, s'efforçant de masquer son embarras.

— Alors allons-y, dit-il en adressant un geste éloquent au chauffeur. Parce que vous n'êtes pas en sécurité ici, et vous ne le serez que lorsque nous serons arrivés dans mon pays.

Dans l'habitacle luxueux de la voiture, Liv passa ses cheveux derrière ses oreilles et sentit combien ils étaient sales. Elle rêvait d'un bain, et elle n'en avait jamais autant ressenti le besoin qu'en cet instant.

— Je suis désolée, murmura-t-elle, alors que la limousine traversait la route de cette contrée désolée en direction de la capitale. Je crois que j'ai bien besoin d'une douche, et…

— J'étais en train de penser que votre frère sera fou de joie, quand vous l'appellerez ce soir.

— Oh oui, acquiesça-t-elle en sentant soudain un flux d'émotions intenses la gagner. Je commençais à croire que je ne sortirais jamais de là.

— Vous avez de la chance. Peu de gens peuvent en dire autant.

— Pourquoi ?

— Parce qu'ils n'ont pas les appuis indispensables.

— Mais je n'en ai pas, opposa-t-elle doucement.

— Non. Mais moi, si.

— Vous… Vous avez déjà fait cela, n'est-ce pas ? Vous avez aidé des gens comme moi ?

— Oui.

Elle brûlait d'en savoir davantage, de découvrir qui il était et de comprendre pourquoi il avait pris tous ces risques en sa faveur. Mais il se retourna vers la vitre, la décourageant de poursuivre.

Dehors, elle avait remarqué qu'il était très grand. Il mesurait plus d'un mètre quatre-vingt, et sa carrure était athlétique. Sa peau hâlée révélait une exposition constante au soleil et aux vents chargés de sable chaud.

— Nous approchons de Hafel, la capitale de Jabal, annonça-t-il. Vous avez visité d'autres villes, avant votre arrestation ?

Liv se pencha pour contempler les manches de sa robe, et les baissa pour cacher les bleus qui constellaient ses avant-bras.

— Je ne suis jamais parvenue à Hafel, répondit-elle.

— Où avez-vous été arrêtée ?

— Sur la route principale, entre la frontière et Hafel.

Elle se mordit la lèvre et ajouta :

— L'instant d'avant, j'étais tranquillement installée dans le car… Et un moment après, je me retrouvais à Ozr.

Comme il ne répondait pas, elle s'enquit :

— Nous allons nous arrêter à Hafel, maintenant ?

— Non, dit-il au moment où la capitale se révélait à eux, dans son curieux assemblage de buildings en béton s'élevant au beau milieu de ruines antiques. Pourtant, c'est une ville fascinante, une ville inconnue au monde occidental.

— Vous la connaissez bien ?

— Je l'ai connue, autrefois, répondit-il évasivement.

— Qu'est-ce qui a changé, depuis ?

— Tout.

Il hésita.

— Quand j'étais petit, mon père était très ami avec le roi de Jabal. Mais le régime a été renversé il y a vingt ans, et le pays vit tout autrement, aujourd'hui. C'est la première fois que je reviens ici depuis l'établissement de la dictature. A vrai dire, jusqu'à hier soir, je n'étais même pas sûr d'être autorisé à y poser les pieds.

— Pourquoi ?

— Parce que je fais sortir les gens de prison pour les

conduire en des lieux plus sûrs. Le gouvernement local n'est pas particulièrement friand de ce genre d'activités.

Liv sentit une boule d'anxiété se former dans son estomac.

— Mais alors, pourquoi vous ont-ils laissé faire ?

Il poussa un long soupir et haussa les épaules en balayant les rues de la ville du regard.

— Parce que j'ai distribué des sommes conséquentes à quelques personnalités haut placées.

Stupéfaite par cet aveu, Liv se retourna vers lui et murmura, le souffle coupé :

— Vous les avez soudoyés ?

— Je n'avais guère le choix, répliqua-t-il sèchement. C'était ça, ou bien vous restiez à Ozr en attendant un simulacre de procès et une sentence à laquelle vous n'auriez pas survécu.

Liv se mordit la lèvre et observa une longue pause avant de souffler :

— Je rêvais d'aventures… Mais je n'aurais jamais pensé sombrer dans ce cauchemar.

— Le cauchemar n'est pas terminé, répondit-il, les yeux braqués sur un barrage de police au milieu de l'avenue.

— Qu'est-ce qui se passe ? demanda-t-elle, tandis que la limousine ralentissait et que des officiers leur faisaient signe de s'arrêter à leur hauteur.

— Nous allons avoir droit à quelques questions, dit-il en serrant les dents.

Puis, il se retourna vers elle en fronçant les sourcils et ordonna :

— Attachez soigneusement votre capuche sur vos cheveux et cachez au maximum votre visage dans le haut de votre robe. Et gardez les lunettes. Ne les enlevez pas à moins que je ne vous le dise.

Sur ces mots, il ouvrit la portière et la claqua derrière lui.

2.

Non, le cauchemar n'était pas terminé…

Les paroles de son compagnon résonnaient encore dans ses oreilles quand elle le vit entouré d'une troupe d'officiers.

Son cœur s'était mis à battre follement. Il était littéralement cerné, et elle ne parvenait pas à comprendre la conversation qui s'était engagée en arabe. Néanmoins, de toute évidence, il y avait un problème, et les policiers gesticulaient en désignant la voiture. Quand ils haussèrent la voix, elle comprit qu'elle était au cœur de l'altercation.

De longues, de très longues minutes s'écoulèrent avant que le cheikh n'ouvre la portière.

Liv se recroquevilla alors dans sa longue robe, comme les hommes se penchaient pour la regarder. Terrifiée, elle garda les yeux rivés au sol, cachée derrière l'immense paire de lunettes.

Après quoi, elle attendit une éternité avant que le cheikh ne reprenne enfin sa place auprès d'elle et ne claque la portière pour faire signe au chauffeur de repartir.

Libérée du poids terrible qui l'oppressait, elle se retourna vers lui et s'enquit d'une voix tremblante :

— Est-ce que tout va bien, maintenant ?

— Oui.

— Que voulaient-ils ?

— Savoir si j'étais entré légalement dans leur pays et si j'avais commis la moindre infraction depuis.

— Et vous en avez commis une ?

— Oui et non. Mais ce n'est pas la version que je leur ai fournie. Sinon, il vous aurait fait monter dans l'une de leurs voitures pour vous ramener directement à Ozr.

— Alors que leur avez-vous dit ?

Il parut hésitant, et lui prit soudain les lunettes pour les ranger dans une poche de sa *dishdashah*.

— Que j'escortais l'une des membres de ma famille, répondit-il.

Liv sentit la panique revenir. A moins d'être aveugle, personne ne pouvait croire qu'ils étaient apparentés !

— Et ils vous ont cru ? insista-t-elle.

Il afficha une expression moqueuse.

— Ils savent qui je suis, et ils ont pu constater que mes papiers étaient en bonne et due forme. Ils ne pouvaient pas faire grand-chose.

Mais loin de la rassurer, ces mots venaient de déclencher une petite alarme dans un coin du cerveau de Liv. Une alarme très active, depuis ces dernières semaines, et qui ne s'était hélas pas manifestée quand Elsie lui avait demandé de ranger sa trousse dans son sac à dos…

Une alarme à laquelle elle se fiait désormais, et qui lui indiquait, sans doute possible, que le ton faussement dégagé du cheikh cachait quelque chose. Et elle voulait savoir ce que c'était.

— Ces flics semblaient particulièrement soupçonneux, reprit-elle.

Il haussa les épaules.

— C'est culturel, expliqua-t-il.

— Dites-moi, insista-t-elle.

— Nous sommes un homme et une femme qui voyagent seuls.

— Et ?

— Et nous ne sommes pas réellement apparentés : c'est illégal, à Jabal.

Liv se renfonça dans son siège et sentit la sueur lui perler au front.

— Donc, ils pourraient encore m'arrêter, murmura-t-elle.

— Pas si nous partons d'ici avant.

En moins de trente minutes, ils atteignirent le petit aéroport à la sortie de la ville. Le chauffeur les conduisit jusqu'au tarmac désert, s'arrêtant à quelques mètres du jet.

L'appareil était long et fin, et son fuselage métallique brillait sous le soleil ardent. Liv admira sa queue ornée de motifs noir et blanc, tandis que le cheikh la menait jusqu'à la passerelle :

— Montez à bord et installez-vous, ordonna-t-il. Je dois aller parler au pilote du plan de vol.

Elle acquiesça et franchit les quelques marches avant qu'un steward ne vienne l'accueillir, un sourire chaleureux aux lèvres.

— Nous allons bientôt partir, annonça-t-il en l'invitant à s'asseoir dans un fabuleux fauteuil de cuir blanc au centre d'une cabine luxueusement aménagée. Vous avez des bagages à faire monter ?

— Non, je n'ai rien, répondit-elle en secouant la tête, affreusement gênée.

— Alors vos valises ont déjà été affrétées ?

— Malheureusement, j'ai tout perdu, souffla-t-elle en frémissant au souvenir du piège dans lequel elle était tombée.

Dès la première nuit, ils lui avaient tout confisqué. Son sac à dos, son passeport, ses vêtements, son téléphone portable… Tout ce qu'elle possédait se résumait à ce qu'elle portait : cette infecte djellaba à capuche munie d'un voile pour cacher son visage.

Le steward la vit trembler.

— Vous avez froid ?

— Un peu, admit-elle.

Elle avait subi le froid durant des semaines, dans cette cellule humide et noire. Un séjour terrible, incompréhensible. D'ailleurs, elle ne comprenait toujours pas comment elle s'était retrouvée à Ozr.

— Voulez-vous une couverture ?

— Oui. Merci, dit-elle en souriant.

— Vous avez été malade ? s'enquit gentiment le jeune homme en traversant la cabine pour aller chercher un grand plaid de cachemire blanc ivoire, assorti aux sièges d'appuis et aux coussins.

Puis, il l'étendit sur ses genoux d'un geste délicat.

— Si vous trouvez que l'air conditionné fonctionne un peu trop fort, n'hésitez pas à me le dire. Que puis-je vous offrir pour vous réchauffer ? Un thé, un café ?

— Un café. Avec du lait et du sucre, si vous en avez…

— Bien sûr.

Il disparut, et Liv s'allongea confortablement sur le siège, tout en songeant que tout cela était surréaliste. Deux heures plus tôt, elle était enfermée à Ozr ; et elle se trouvait maintenant à bord d'un somptueux jet, dorlotée telle une princesse.

A l'instant où le steward remplissait une tasse de café, Khalid rejoignait le pilote et déclarait :

— Changement de plan.

L'homme se retourna vers lui et lui désigna le cadran de contrôle du carburant.

— Nous avons très peu de réserve, observa-t-il. L'aéroport nous a refusé l'autorisation de nous alimenter.

— Ça ne m'étonne pas. Nous avons rencontré un petit problème, sur la route. Impossible de nous rendre à Baraka, comme je le souhaitais, sans réserve de fuel. Et le vol direct pour Sarq n'est pas envisageable non plus : je ne peux pas prendre le risque de mêler mon frère à tout ça. Il y a trop de tensions entre Jabal et Sarq, en ce moment… Pas question d'entraîner mon peuple ou Sharif dans un incident diplomatique.

Le pilote releva soudain la tête et fixa la sortie du tarmac.

— La police. Ils sont là pour vous ?

— Pour mon invitée… Ou pour nous deux, acquiesça-t-il en regardant les véhicules s'approcher.

— Dans ce cas, il vaudrait mieux lever l'ancre, non ?

Toutes les portes venaient de se fermer, et le moteur était en marche.

Liv regarda Khalid traverser la cabine dans sa direction. Son expression était sombre quand il prit place près d'elle.

— Vous ne vous sentez pas bien, mademoiselle Morse ? s'enquit-il en désignant la couverture posée sur elle.

— J'avais froid, expliqua-t-elle en attachant sa ceinture, tandis que l'appareil allait décoller. Appelez-moi Liv, s'il vous plaît. Ce « mademoiselle » est réservé aux clients de l'agence de voyages où je travaille.

— Très bien, si vous acceptez de m'appeler Khalid… Mais vous êtes très pâle, nota-t-il en la dévisageant avec insistance. Et vos yeux sont cernés. Je me demande si vous n'êtes pas en train de tomber malade.

— Non, ça va mieux, assura-t-elle en commençant à replier le plaid.

Mais il arrêta son geste et attrapa son poignet.

Sa peau était si chaude, sur la sienne… Liv releva la tête vers lui et contempla ses yeux bruns où brillaient mille éclats mordorés.

Ses traits étaient extraordinairement purs. Mais sévères,

aussi. Marqués. Sans doute cet homme aurait-il dû lui paraître effrayant, mais elle était frappée par la puissance de son charisme.

Mal à l'aise, elle se retourna vers le hublot et perçut un flash de lumières rouges et bleues.

— La police, déclara Khalid d'un ton détaché.

Elle lui adressa un regard terrifié et sentit la peur lui nouer l'estomac.

— Qu'est-ce qu'ils veulent ?

— Nous.

Elle frissonna pendant que le jet quittait la piste et survolait la triste capitale pour gagner des champs plus verts, oscillant entre le kaki et le mordoré.

— Que vous ont-ils fait, à Ozr ? s'enquit soudain le cheikh, d'un ton presque brutal.

Liv garda les yeux braqués sur les paysages défilant sous son hublot.

— Rien, répondit-elle très vite.

Un peu trop vite, sans doute ; car il s'approcha d'elle, et elle sentit sur elle son regard insistant.

— Ozr n'est pas une prison comme les autres. Je doute que vos geôliers se soient bien comportés.

En un flash, Liv revit ce qu'elle avait connu durant ces trois semaines. La faim. Le froid. Les réveils en pleine nuit pour les interrogatoires. Les menaces… Serrant les poings, elle se rappela les quatre petits mots auxquels elle se raccrochait alors : « Ça pourrait être pire. » Et c'était vrai. Elle avait été seule dans sa cellule. Malmenée, mais pas torturée. Et les hommes qui l'assommaient de questions n'avaient jamais osé lever la main sur elle. Oui, elle le savait : malgré la peur, le froid, l'injustice de cette situation et la brutalité des gardiennes, *ça aurait pu être pire*. Elle n'avait pas été violée, ni battue à mort. Et elle était en vie.

— Je suis ici, maintenant, souffla-t-elle.

— A peine, répondit-il doucement, un pli d'inquiétude au front.

Liv réprima un frisson et prit une longue inspiration. Ozr était derrière elle, c'était tout ce qui comptait. Bientôt, elle retrouverait son foyer, sa mère et son frère. Le reste était du passé.

— Ces dunes sont sublimes, observa-t-elle, bien décidée à changer de sujet.

— C'est le grand désert. Il s'étend jusqu'à Sarq, mon pays, et c'est l'un des plus vastes au monde.

— Oui, et les oasis sont les seuls vestiges du milieu tropical d'autrefois, renchérit-elle, fascinée par les points d'eau et de verdure se découpant sur les grandes étendues rouges. Elles sont très utiles aux caravanes et aux nomades et marquent le chemin qu'empruntèrent les Romains, les Phéniciens et les Grecs... Excusez-moi. Vous savez tout cela, bien sûr. C'est seulement que je m'intéresse à l'histoire et que j'ai lu un ouvrage sur ce sujet avant d'entreprendre le voyage.

Il lui adressait un regard stupéfait et admiratif.

— J'ignorais que les Américaines se passionnaient pour une géographie aussi lointaine, nota-t-il.

Elle fronça les sourcils.

— Vous ne pouvez pas juger les Américains sur ce que vous lisez dans les magazines, se défendit-elle.

— Ah non ? répliqua-t-il, amusé.

— Non. De même qu'il serait injuste de juger tout le Moyen-Orient en fonction des pratiques d'un seul pays ou de ce qui m'est arrivé à Ozr.

Le reste du vol se déroula dans le silence. Liv cherchait désespérément à trouver la paix et à se reposer, sans songer à ce qui l'inquiétait. Elle n'avait ni argent, ni papiers d'identité. Khalid pourrait-il convaincre le consul américain de Sarq de lui fournir un nouveau passeport au plus vite ? Mais si les autorités de Jabal s'en mêlaient encore et demandaient à la faire juger ?

Non, elle ne voulait plus y penser…

Il y avait plus d'une heure qu'ils survolaient le désert, et elle commençait à sentir la fatigue la gagner. Fermant les yeux, elle se laissa bercer par le murmure du moteur et remonta sur elle la douce couverture de cachemire…

Très contrarié, Khalid sortit de la cabine de pilotage.

— Où sommes-nous ? demanda la jeune femme en ouvrant les yeux et en se tournant vers lui, comme il reprenait sa place et l'invitait à rattacher sa ceinture.

— Nous allons atterrir au Caire, expliqua-t-il. Nous venons d'en obtenir l'autorisation, heureusement. Nos réserves de carburant ne nous permettent pas d'aller jusqu'à Baraka.

Ce contretemps ne faisait pas ses affaires. Il avait prévu de faire examiner la jeune femme par son médecin venu tout spécialement à Baraka avant de la mettre, le soir même, dans un jet privé à destination de New York. Au lieu de quoi, ils allaient atterrir au Caire, ce qui impliquait de trouver un lieu où passer la nuit. Et puisqu'il ne pourrait recourir aux services de son médecin personnel et que le jet serait retenu au sol peut-être vingt-quatre heures, il devrait établir un nouveau plan pour la ramener à bon port.

La jeune femme se retourna vers lui, et ses grands yeux bleus s'agrandirent. Ces yeux d'un bleu topaze, fabuleux. Ces yeux cernés d'ombres mauves, dans ce petit visage fatigué. Elle avait gardé son capuchon, mais quelques mèches blondes s'en échappaient, révélant son front délicat.

— Qu'est-ce qui ne va pas ? insista-t-elle.

— Rien. Mais nous arrivons au Caire, et je voudrais que nous parvenions tout de même à Baraka avant la nuit.

— Pourquoi ?

— Vous n'avez pas envie de rentrer chez vous ? répliqua-t-il en songeant qu'il ne pouvait lui dévoiler les motifs de son inquiétude.

Durant ces dix dernières années, il s'était fait une spécialité de venir au secours d'innocents enlevés ou poursuivis injustement. Et il avait acquis l'aide d'amis influents, en particulier celles du cheikh Kalen Nuri, le frère cadet du souverain de Baraka, et du cheikh Tair, leader de l'Etat indépendant d'Ouaha.

Kalen et Tair lui avaient offert leur précieux concours lors d'une douzaine de cas, au moins. Ils étaient prêts à en faire de même cette fois ; mais encore fallait-il qu'ils parviennent à Baraka !

— Il *faut* que nous soyons à Baraka ce soir, répéta-t-il d'un ton ferme. Détendez-vous, essayez de dormir, et je vais passer quelques coups de fil.

Vingt minutes plus tard, sur le tarmac brûlant du Caire, Liv s'étirait pour se dégourdir les jambes et pensait que c'était précisément pour gagner l'Egypte que son autocar avait traversé Jabal depuis le Maroc. Elle avait cru ne jamais franchir la frontière de ce pays… Et elle y était. Or, même si elle ne pouvait se l'expliquer, sa curiosité de voir les pyramides et le sphinx était intacte. Si seulement ils pouvaient passer par Giza, en gagnant Baraka…

Le pilote et le steward étaient à ses côtés, et Khalid les rejoignit bientôt au moment où une voiture s'avançait vers eux.

— Nous allons passer la nuit au Caire, annonça-t-il, visiblement très contrarié. Allons-y.

Sans plus de précisions, il prit la main de Liv et l'invita à s'installer dans la Mercedes.

Au contact de ses doigts sur les siens, elle sentit une étrange onde électrique la traverser et eut envie de se libérer. Mais elle s'en abstint, craignant de le vexer. Elle balaya l'habitacle d'un regard admiratif. Elle n'avait jamais connu quiconque menant le train de vie du cheikh, disposant de jets privés et d'une armée de limousines toujours à sa disposition. Dans tous les pays, des hommes semblaient l'attendre, prêts à le servir... Qui était-il, au juste ? Et pourquoi prenait-il autant de risques pour une parfaite inconnue ?

A moins qu'il ne l'ait fait pour de l'argent...

Cette pensée fit renaître ses terreurs, et elle sentit la sueur perler sur son front. Cette épaisse robe de toile était décidément insupportable...

— Puis-je ôter la capuche et l'attache du voile ? demanda-t-elle d'un ton hésitant.

— Bien sûr. Nous sommes en Egypte. Ici, ou dans mon pays, à Sarq, les femmes ne sont pas tenues de porter le voile.

— Mais certaines le font tout de même ?

— Oui, mais plutôt pour éviter les regards déplacés...

Il la regarda se débarrasser du capuchon et fronça les sourcils.

— Nous allons devoir vous trouver de nouveaux vêtements au plus vite. N'importe qui peut identifier cette robe comme l'uniforme d'une prisonnière.

— Mais ils ne m'ont rien laissé d'autre, soupira-t-elle. Dès que j'aurai récupéré d'autres vêtements, je mettrai cette atroce robe au feu.

— Inutile, répondit-il en souriant. A notre arrivée à l'hôtel, je veillerai à ce qu'elle soit détruite.

— Merci.

C'était inexplicable : des larmes lui montaient aux yeux, et elle sentait l'émotion lui étreindre la gorge. Oh, c'était certainement la fatigue. Elle avait mis un point d'honneur à ne pas verser une larme à Ozr, et elle n'allait pas craquer maintenant !

— Si je comprends bien, reprit-elle en inspirant à fond, nous allons passer la nuit au Caire. Je vais voir les pyramides ?

Il la contempla avec étonnement avant de répondre :

— Le jet ne sera pas prêt avant demain. Quand le plein sera fait, il faudra procéder à un contrôle technique de routine, c'est inévitable.

— Je vois, murmura-t-elle. Je peux appeler mon frère, maintenant ?

— Il vaut mieux attendre que vous ayez vu un médecin, je crois.

— Un médecin ? s'étonna-t-elle. Pourquoi ?

— Mesure de précaution. C'est la routine, quand quelqu'un sort d'un lieu comme Ozr.

— Mais je vais bien, opposa-t-elle.

La dernière chose dont elle avait besoin, c'était d'être examinée par un inconnu qui observerait à la loupe chacun de ses hématomes.

— Ce n'est pas optionnel, mademoiselle Morse, rétorqua-t-il d'un ton sans réplique. Il traîne des dizaines de virus plus ou moins dangereux, à Ozr.

— Je doute fort d'en avoir attrapé un. Et si c'est le cas, je verrai ça chez moi, avec mon médecin.

— Vous n'obtiendrez jamais la permission de quitter le pays sans un certificat médical attestant que vous êtes en bonne santé, trancha-t-il. De plus, vous n'avez pas à vous inquiéter. Le médecin qui vous examinera est une de mes amies.

Khalid se retourna vers elle, espérant l'avoir rassurée. Mais elle contemplait l'intense trafic à l'entrée de la capitale et semblait de nouveau absente.

Un fantôme.

Pourquoi ressentait-il toujours cet étrange besoin d'aller sauver des gens ? Comme s'il tentait de conjurer le passé… Mais rien ne lui rendrait ce qu'il avait perdu. Ses deux sœurs étaient mortes.

Pourtant, il n'était pas un héros, il n'avait jamais eu envie d'en devenir un et cette vie n'était pas vraiment celle qu'il avait envisagé de mener. Il s'était passionné pour ses études, et avait même entamé une carrière… Mais l'accident fatal avait mis un terme à son existence aussi conventionnelle que tranquille.

Penser à Aman et Jamila le ramenait à Liv et à son frère Jake.

C'était d'autant plus justifié que cette affaire se distinguait de tous les autres sauvetages qu'il avait jusque-là menés à son terme. Oui, le cas de Liv était unique. Parce qu'il allait bouleverser à jamais sa vie.

Et la sienne.

3.

Une demi-heure plus tard, ils franchissaient les portes du Mena House Hotel, l'un des établissements historiques des environs du Caire.

— On dirait que le Conseil de sécurité des Nations Unies est attendu ici au grand complet, lâcha Liv en jetant un coup d'œil à la longue rangée de limousines noires garées en arc de cercle devant le fronton, comme pour bloquer l'arrivée de tout nouveau client. A qui est réservé ce comité d'accueil ?

— A nous, répondit Khalid en regardant tout autour de lui.

— *Nous* ? répéta-t-elle, médusée. Mais pourq…

— Votre Altesse, déclara un homme en uniforme en courant vers eux, avant d'esquisser une révérence, bienvenue à vous. Vous pouvez entrer, l'hôtel est sécurisé.

Liv demeura un instant interdite.

— Mais… qui êtes-vous ? articula-t-elle enfin d'une voix à peine audible, tout en dévisageant Khalid avec incrédulité.

— Je vous l'ai déjà dit, mais il est vrai que vous étiez prostrée dans votre cellule… Je suis le cheikh Khalid Fehr, prince du grand désert de Sarq.

Oh… Bien sûr. Comment avait-elle pu ne pas le comprendre plus tôt ? Le puzzle prenait forme… Sarq… La famille Fehr… Khalid était le frère du souverain régnant ! Et cette famille était aussi richissime qu'influente dans la région. Sarq était la démocratie la plus florissante du Moyen-Orient ; cette petite nation ne connaissait ni le chômage, ni la guerre, et vivait en parfaite harmonie avec ses voisins tout en étant le fleuron de l'architecture d'avant-garde sur le plan international.

— Votre frère est le souverain, murmura-t-elle. Vous êtes de sang royal…

— Oui. Mais ne me regardez pas ainsi : je n'ai rien fait pour me retrouver là où je suis. J'ai hérité d'un titre, rien de plus.

Une horde de bagagistes vinrent à leur rencontre, et les guidèrent à l'intérieur du somptueux hall d'entrée.

Puis, ils empruntèrent un ascenseur privé pour parvenir devant une gigantesque suite composée de deux immenses chambres et salles de bains, séparées par deux salons d'accueil centraux. Un majordome ouvrit les épais rideaux, et le soleil inonda la suite, révélant une vue imprenable sur la grande pyramide.

Liv en eut le souffle coupé.

— Incroyable, murmura-t-elle, subjuguée.

— Vous disposez d'un balcon dans chaque chambre, précisa le majordome. Très agréable pour le petit déjeuner, ou à l'heure du thé.

Liv ne put qu'acquiescer d'un geste lent. C'était somptueux… Elle était incapable de bouger et de s'arracher à ce panorama. Jamais elle n'avait contemplé spectacle plus grandiose. Devant elle s'élevait, majestueuse et mythique, la plus belle des pyramides d'Egypte.

C'était pour cela qu'elle avait fait tout ce chemin loin de chez elle… C'était exactement ce qu'elle avait voulu voir de ses propres yeux : le symbole d'une civilisation fascinante et l'un des plus glorieux berceaux de l'histoire.

— Le médecin est ici, Liv, annonça Khalid.

Non sans réticence, elle se détourna de la fenêtre et découvrit une femme en costume noir postée près de Khalid. Une belle écharpe vaporeuse enveloppait sa longue chevelure brune.

— Je suis le Dr Nenet Hassan, déclara la femme. Une amie du cheikh, du temps où nous fréquentions l'université. Ne vous inquiétez pas, l'examen ne sera pas long. Allons dans votre chambre, d'accord ?

Liz s'exécuta de mauvaise grâce et suivit la jeune femme à l'autre bout de la suite. Elle n'avait pas besoin de cet examen, mais il était visiblement inutile d'en discuter plus longtemps avec Khalid.

Fort heureusement, ainsi que s'y était engagée le Dr Hassan, l'épreuve fut de courte durée. Après l'auscultation et quelques questions classiques, la jeune femme rangea ses instruments dans sa trousse et déclara en souriant :

— Vous êtes en bonne santé. Votre tension est même excellente, étant donné les circonstances. Je me doute que vous mourez d'envie de prendre une douche, alors je vous laisse.

Khalid attendait nerveusement à l'autre bout de la suite. Dès que le Dr Nenet Hassan parut devant lui, il leva vers elle un regard anxieux.

— Alors ?

— Elle est couverte de bleus, mais elle n'a souffert d'aucune blessure au cours de ces dernières semaines. A mon avis, elle a été malmenée, mais il est clair qu'elle n'a pas été battue. Elle est en bonne santé, Khalid, rassure-toi. Dans sa malchance, elle a au moins eu le privilège d'être gardée par des femmes, qui sont souvent plus agressives que les hommes, mais moins brutales.

— Et pour la drogue… Qu'en penses-tu ?

Nenet secoua la tête.

— Je ne lui ai pas fait de prise de sang, mais elle ne présente aucun symptôme de sevrage et il n'y a pas de trace de piqûres sur ses bras. J'ai vu beaucoup de drogués… Je suis prête à prendre le pari que cette jeune femme n'a jamais touché à la drogue de sa vie.

— Parfait, conclut-il en poussant un intense soupir de soulagement et en se retournant vers la vue qui avait hypnotisé Liv, un moment plus tôt.

— Dis-moi, tu as vraiment l'intention de l'épouser ? reprit Nenet en s'approchant de lui. Ou c'est seulement une rumeur ?

A ces mots, Khalid fit volte-face et se planta devant elle.

— Comment le sais-tu ?

— Comment je le sais ? Khalid, c'est partout dans les journaux ! L'agence officielle de Jabal a fait circuler le message selon lequel tu étais allé chercher ta fiancée chez eux pour la ramener dans ton pays ! Cette Américaine… Khalid, c'est vraiment ta future femme ?

Oh, bon sang… Rien de tout cela n'aurait dû arriver. Khalid porta une main à son front et songea à sa mission : il était censé libérer Olivia Morse de sa prison, la faire monter dans son jet, parvenir à Baraka pour emprunter un des avions privés de son ami Kalen, et la renvoyer chez elle incognito tandis qu'il reprenait lui-même le chemin du désert… Pas de noms dévoilés, pas de publicité, une affaire menée dans la plus totale discrétion et avec la plus extrême rapidité.

Eh bien, c'était un désastre…

— Il me semble déplacé d'avoir cette conversation avec toi, répondit-il.

Au cours de sa deuxième année d'études, il était sorti avec Nenet. Mais la pression de leurs familles respectives avait été violente, et après le décès de ses sœurs, Khalid avait rompu. Nenet lui avait écrit de longues lettres, lui promettant de l'attendre et de lui laisser le temps de se remettre du drame.

Mais Khalid ne s'en était pas remis.

Parce qu'il ne l'avait pas voulu. Il avait simplement souhaité quitter cette société et tous ceux qui lui étaient proches — ne plus les voir.

— Je te prie de m'excuser, Khalid, murmura Nenet. Ne m'en veux pas, mais il m'est impossible d'ignorer la situation dans laquelle tu te trouves.

— C'est-à-dire ? demanda-t-il d'un ton peu amène.

— Je sais ce que tu fais. Mais c'est une erreur. Arrête, avant qu'il ne soit trop tard. Tu ne peux pas sacrifier toute ta vie pour elle, Khalid. Je sais que tu es un homme généreux, et que tu voudrais contribuer au bonheur de tout le monde… Mais tu ne lui dois rien ! Et tu as déjà tant souffert. Ne lui offre pas ton avenir et ta liberté sur un coup de tête.

Pieds nus sur le sol de marbre, Liv demeura un long moment immobile au centre de la salle de bains.

La pièce était tout simplement renversante. Avec ses incises d'ivoire dans le carrelage bleu, ses vasques anciennes et sa gigantesque baignoire de pierre, le décor était en harmonie parfaite avec les splendeurs environnantes. A tel point que Liv avait l'impression d'être devenue elle-même une déesse égyptienne.

Ouvrant l'une des jarres de verre bleu posées sur un meuble, elle ferma les yeux pour humer le parfum des huiles et choisit celle qui exhalait des effluves de miel et de fleurs de lotus.

Enfin, elle se glissa dans la baignoire et étouffa un soupir de délice en savourant le contact de l'eau chaude et parfumée sur son corps meurtri.

C'était presque trop délicieux…

Comment avait-elle pu passer de sa cellule infecte à ce palais digne de Cléopâtre ?

Oui, elle se trouvait au cœur d'une suite royale, et à côté d'elle reposait une pile de serviettes d'épais coton blanc, ainsi que des flacons de produits cosmétiques, de shampoings, de gels, d'huiles et de laits parfumés issus d'une marque de luxe française.

Elle ferma les yeux et se laissa aller au bonheur de cet instant dont elle avait rêvé cent fois dans sa prison.

Cet instant auquel elle ne croyait plus...

Elle n'aurait su dire combien de temps s'était écoulé depuis qu'elle voguait au gré de ce bien-être exquis. Une bonne demi-heure, sans doute... Mais quand l'eau se rafraîchit, elle se redressa et attrapa un gant de toilette pour se savonner méticuleusement tout en humant le parfum délicat de la mousse crémeuse qui caressait sa peau.

Après s'être lavé les cheveux, elle sortit du bain et s'enveloppa d'un peignoir avant de se brosser les dents et d'aller se poster devant la grande psyché.

Seigneur, elle avait encore tant de bleus... Sur les bras. Les tibias. Les genoux. Les cuisses. Et elle avait perdu beaucoup de poids.

D'un geste machinal, elle se retourna vers ses vêtements et frémit en découvrant l'affreuse robe de prisonnière, en boule sur le sol.

Pas question qu'elle la remette. Mais elle n'avait pas de vêtements...

L'appréhension s'empara de nouveau d'elle, et elle fit quelques pas dans la chambre. Elle se sentait perdue, totalement démunie.

Il fallait qu'elle rentre chez elle. Oui, elle avait besoin de rentrer chez elle, et même si cet hôtel était somptueux, même si le contact de l'éponge à la fois épaisse et légère sur sa peau était délicieux, elle avait envie de se retrouver dans son élément, et non dans cet environnement étranger, à mille lieues de la vie qu'elle avait toujours menée.

Son chez-elle lui manquait affreusement.

Le cœur battant à se rompre, elle se dirigea dans le salon jouxtant sa chambre, décrocha le téléphone et demanda à la réception les indicatifs nécessaires pour joindre les Etats-Unis. Elle était en train de les noter et raccrochait pour composer le numéro, quand Khalid apparut sur le seuil de la pièce. Il la dévisagea de manière étrange.

— Il faut que je vous parle, déclara-t-il.

— Bien sûr, acquiesça-t-elle. J'en ai pour cinq minutes, je vous rejoins…

— Liv, je crois qu'il serait préférable que je vous parle de certaines choses avant que vous n'appeliez votre frère. Vous n'avez plus de passeport, et il semble difficile de vous en faire obtenir un autre aussi vite que je l'espérais. Il vaudrait mieux trouver une manière de l'annoncer en douceur à vos proches, vous ne croyez pas ?

Elle n'avait pas lâché le combiné et fixait Khalid. Elle hésitait. L'envie d'entendre la voix de sa mère la tiraillait presque douloureusement. Et puis, elle ne voulait pas que celle-ci s'inquiète davantage. Oh, non ! Elle ne supportait plus l'idée que la malheureuse se ronge les sangs depuis des semaines…

Devant elle, Khalid semblait gêné, comme s'il lui cachait quelque chose…

Il était surtout très différent : ayant revêtu un costume sombre sur une chemise de coton blanc qui révélait son teint hâlé, il avait une tout autre allure. Ce costume taillé sur mesure lui allait à la perfection… Il y avait quelque chose en lui d'un prince rebelle, quelque chose qui exprimait la profondeur et la gravité d'un homme pleinement responsable de chacun de ses actes.

La transformation était si spectaculaire que Liv avait l'impression d'être face à quelqu'un d'autre.

Mais à vrai dire, tout était déconcertant dans ce qu'elle était en train de vivre.

4.

Elle reposa enfin le combiné, enfonça les mains dans les poches de son peignoir. Puis elle prit une courte inspiration avant de déclarer :

— Khalid, vous m'avez vous-même encouragée à appeler mon frère, tout à l'heure, mais seulement quand j'aurais vu un médecin. Et maintenant, vous me dites que je ne dois pas téléphoner chez moi parce que je n'ai pas de passeport ? Je ne comprends pas.

— Vous devriez vous asseoir.

— Je n'ai pas envie de m'asseoir. Je veux que vous me disiez la vérité.

— Vous êtes bien placée pour savoir que la vérité est toujours complexe.

Fronçant les sourcils, Liv lui adressa un regard soupçonneux :

— Comment ça ?

— Vous avez été accusée de passer de la drogue, et cette drogue a été retrouvée dans votre sac…

— Dans la trousse que je portais pour une amie ! protesta-t-elle.

Il haussa les épaules.

— Peu importe. Elle était dans votre sac et vous étiez responsable de ce que vous transportiez. Pour ne rien arranger, cette « amie » a totalement disparu et nous n'avons aucune preuve de son existence !

— C'est pourtant ainsi que cela s'est passé ! Je transportais *sa* trousse ! Ses affaires de toilette, et quelques produits cosmétiques.

— Qui peut prouver que ce n'était pas les vôtres ?

Elle le fixa intensément, le cœur battant.

— Vous ne me croyez pas ? Vous pensez que j'ai…

— Je n'ai jamais dit ça. Je voulais juste vous faire observer que la vérité n'est pas simple, et que les apparences sont souvent trompeuses.

Liv sentit un vertige la gagner.

— Je me sens… Je ne me sens pas bien, murmura-t-elle en s'effondrant dans un immense fauteuil de velours blanc cassé.

— Je vous avais dit qu'il valait mieux vous asseoir, dit-il en posant une main sur son épaule pour la masser délicatement.

Cette simple pression troubla Liv, qui aurait voulu qu'il retire sa main.

— Je ne vais pas craquer, reprit-elle d'un ton déterminé. C'est seulement un coup de fatigue.

— Je sais, répondit-il. Vous venez de traverser une épreuve traumatisante, et ce n'est pas fini.

— L'ambassade pourrait peut-être accélérer les démarches pour que je rejoigne ma famille au plus vite ? plaida-t-elle.

— Oui, mais il est très difficile de travailler en bonne intelligence avec les autorités de Jabal, qui mettent tout en œuvre pour vous faire revenir à Ozr.

A ces mots, Liv se sentit trembler de tous ses membres.

— Mais… Jabal ne peut pas ordonner mon extradition d'Egypte, n'est-ce pas ?

— Non. Je ne crois pas, non…

Elle se mordit la lèvre et sentit un sanglot l'étrangler.

— Vous n'êtes pas très rassurant, murmura-t-elle, luttant pour contenir ses larmes.

— Je le regrette, mais… La vérité, c'est qu'à ce stade, tout est devenu assez imprévisible, et…

— Je ne retournerai pas là-bas ! s'écria-t-elle. Non, non, c'est impossible ! Je ne…

— Je le sais, et je ne le permettrai pas, assura-t-il d'un ton sans réplique.

Stupéfaite, Liv se leva et considéra son compagnon avec perplexité :

— Mais alors, à quoi rime cette conversation ? Et pourquoi faites-vous cela ? Pourquoi m'apportez-vous votre aide ?

Il détourna les yeux et fixa l'épais tapis.

— Votre frère a publié un appel à l'aide sur internet. C'est ainsi que j'ai pris connaissance de votre situation.

— Q… quoi ? Et c'est uniquement à cause de ce message que vous avez décidé de venir à mon secours ?

— Oui.

Elle le contempla encore un long moment avant de balbutier :

— Mais… pourquoi ?

Il haussa les épaules.

— Votre frère disait que votre famille était désespérée. Cela m'a touché.

Elle parvenait à peine à en croire ses oreilles.

— Je ne comprends pas… Si vous ne travaillez pas avec une ambassade ou un gouvernement, comment êtes-vous parvenu à me faire libérer ?

— Vous le savez : par la vieille méthode. Chantage, pots-de-vin, intimidation. Aucune démarche diplomatique n'aurait réussi à vous faire sortir d'Ozr. Ces gens ne connaissent que le pouvoir et l'argent. Je n'ai pas honte. Au moins, vous êtes saine et sauve.

— Mais pas libre, objecta-t-elle. Pas officiellement.

Il poussa un profond soupir et s'assit face à elle.

— Libre de retourner chez vous, à Pierceville, en Alabama ? Non, en effet. Mais libérée de votre cellule infâme, oui. Pour le moment.

« Pour le moment » ! Oh, Seigneur, elle s'était crue sauvée, et il n'en était rien !

— L'ennui, c'est que l'argent seul ne peut rien, enchaîna-t-il. Pour vous faire sortir de là, j'ai dû mettre mon honneur en jeu.

Que signifiait cette formule digne d'un gentleman britannique du siècle passé ? se demanda Liv, gagnée par l'affolement.

— C'est-à-dire ?

Khalid semblait hésiter. Il la considéra un long moment avant de répondre :

— Je vous ai réclamée pour moi-même. Je leur ai dit que vous étiez mienne.

De plus en plus décontenancée par les termes qu'il employait, Liv battit des cils et songea qu'aux Etats-Unis, aucun homme ne s'exprimait ainsi, à moins de jouer une tragédie en alexandrins devant un parterre de vieilles dames.

— Comment ça… *vôtre* ?

— Je leur ai dit que vous étiez ma promise, expliqua-t-il avec un grand geste exaspéré.

Sa… Sa « promise » ? Ce mot archaïque flotta quelques secondes dans son esprit avant qu'elle ne trouve la force de se lever et de s'écrier :

— Vous leur avez dit que nous étions fiancés ?

Sous le choc, elle le vit acquiescer d'un hochement de tête.

— Ainsi, vous êtes protégée de manière certaine.

Liv ouvrit la bouche, mais ne put proférer aucun son. D'ailleurs, elle ne savait que répondre. Elle avait l'impression d'être emportée dans un tourbillon aussi violent qu'absurde, et elle demeurait interdite, tandis que le majordome entrait dans le salon en portant un plateau de thé, divers sandwichs et des pâtisseries.

Pétrifiée, elle le regarda faire et attendit qu'il ait disparu pour parler.

— Mais nous ne sommes pas *réellement* fiancés, dit-elle enfin d'un ton qu'elle espérait calme.

— J'ai donné ma parole…

— Oui, je comprends bien, mais c'était pour me libérer et me faire sortir de…

— Les choses auraient dû en rester là, mais nous avons rencontré une complication en quittant Jabal. Vous vous rappelez ce barrage de police ? Ils étaient là pour vous ramener à Ozr et ils avaient reçu l'ordre de vous capturer. Pour les en empêcher, je n'avais aucune autre solution que d'affirmer que vous étiez mienne. Et ils ont renoncé…

Levant les yeux au ciel, Liv soupira :

— Oui, oui… Mais vous allez tout de même m'aider à rentrer chez moi, n'est-ce pas ? Vous me mettrez dans un avion dès demain matin ?

Sa voix faiblit quand elle rencontra le visage fermé de Khalid

— Si votre intention était de me renvoyer chez moi quand vous m'avez sortie de prison, qu'est-ce qui a changé depuis ? reprit-elle, tandis que l'angoisse la gagnait.

— Tout, lâcha-t-il sombrement. Les autorités de Jabal ont communiqué l'annonce de nos fiançailles. On ne doit à aucun prix se douter qu'il s'agissait d'une ruse. Comprenez-moi, mon honneur repose tout entier sur ma parole. Vous imaginez les conséquences pour mon pays, s'il était de notoriété publique que le frère du souverain de Sarq s'est ouvertement moqué du gouvernement de Jabal ? D'autant plus qu'un Fehr ne rompt jamais sa parole…

— Mais nous n'allons pas *vraiment* nous marier ! opposa-t-elle, exaspérée.

Comme il ne répondait pas, Liv s'efforça de refouler l'élan de panique qui l'envahissait. Elle se mit à arpenter la pièce de long en large.

— Il doit y avoir un autre moyen, insista-t-elle. Forcément.

— Vous voulez retourner à Ozr ?

— Quoi ? répliqua-t-elle en lui faisant face et en lui adressant un regard incrédule. C'est ça l'alternative ? Vous savez que des prisonniers y meurent tous les jours !

— C'est vrai, ce n'est pas une résidence très agréable, admit-il, une moue sarcastique aux lèvres. Mais vous avez raison, c'est l'alternative : le mariage ou un retour à Ozr.

Liv sentit ses jambes chanceler et se laissa de nouveau tomber dans son fauteuil.

Il soutenait son regard sans ciller. Il était sérieux !

— Mais je ne comprends pas ! Vous n'avez pas envie de m'épouser ! Quel serait le bénéfice, pour vous ?

Il hocha la tête.

— Aucun.

— Alors pourquoi ?

Les traits de Khalid se durcirent, et ses yeux parurent briller d'une sorte de rage froide, métallique.

— Qu'attendiez-vous de moi ? Que je vous laisse pourrir dans votre geôle pour le reste de votre vie ? Que je dise à votre frère qu'il pouvait se féliciter de vous savoir en prison plutôt que morte au fond d'un ravin, et qu'il ne lui restait plus qu'à retourner à ses activités et à vous oublier ?

Liv sentit ses joues s'enflammer. Bien sûr, Jake avait dû se désespérer de sa disparition. Il s'était toujours montré si protecteur envers elle ; il était l'archétype du grand frère veillant jalousement sur sa petite sœur.

— Peut-être, mais vous n'avez pas à faire cela, répliqua-t-elle vivement. Personne ne vous a demandé de…

— Avez-vous passé ces drogues ? demanda-t-il *ex nihilo.*

— Non !

Elle vit ses épaules s'affaisser.

— Dans ce cas, je dois aller jusqu'au bout, conclut-il. Si vous êtes innocente, comment pourrais-je vivre avec cette certitude et vous laisser subir une terrible injustice ? Comment expliquer à votre frère qu'à mes yeux, votre vie n'aurait pas plus de prix qu'une promesse de mariage, et que je préfère poursuivre tranquillement mon existence tandis que vous croupissez dans une cave sinistre ? Je ne pourrais pas vivre avec cette culpabilité. Ce serait impossible.

Liv observa un long silence avant de s'asseoir face à lui et de le dévisager intensément.

— Vous souffrez du complexe du héros. J'ai lu des livres, au sujet de personnes dans votre genre, qui mènent une existence ordinaire et accomplissent des actes d'héroïsme…

— Je ne joue pas les héros, coupa-t-il sèchement, et je n'en suis pas un. Je me suis seulement rendu à Jabal, et maintenant, vous êtes ici. Il nous reste à régler ce…

Elle secoua la tête.

— Le mariage, murmura-t-elle, encore sous le choc de cette révélation. Le mariage ! Voyons, ce serait une solution trop extrême, trop… Non, c'est impossible !

Khalid glissa une main dans ses cheveux pour les ramener en arrière et prit une courte inspiration avant de froncer les sourcils.

— Il ne s'agit pas de ce que je veux ou de ce que vous voulez, trancha-t-il. Nous sommes au pied du mur, et il n'y a pas d'échappatoire.

— Pour le moment.

Il ne répondit pas et se contenta de soutenir son regard.

Très bien, songea-t-elle. Aucune raison de paniquer. Ce n'était qu'une étape vers la liberté. Ils allaient faire semblant, le temps nécessaire, prétendre qu'ils étaient fiancés devant tous ceux qui s'intéresseraient à cette question. Mais quoi qu'il advienne, il n'était pas question qu'elle épouse un homme qu'elle n'aimait pas et qui ne l'aimait pas. A plus forte raison dans une région où le divorce était plutôt mal vu et où les familles royales n'y avaient jamais recours.

Ils trouveraient une autre solution. Il le fallait.

Tournant la tête vers le balcon, elle admira la manière dont les rayons du soleil éclairaient la cime de la grande pyramide.

— Prenez votre thé et mangez un peu, conseilla-t-il. Ensuite, nous irons faire du shopping. Vous avez besoin de vêtements appropriés pour impressionner nos invités de marque.

Il n'avait pas tort : elle avait faim, et mieux valait ne plus penser à cette histoire stupide. Elle croqua dans un canapé au concombre et crut défaillir en savourant la tendresse du pain et la fraîcheur des légumes. Puis, comme son estomac en réclamait davantage, elle en dévora un autre, au fromage.

— Pourquoi ? De quels invités parlez-vous ? fit-elle, la bouche pleine.

Il afficha un sourire sarcastique.

— Nous donnons une grande réception, ce soir, ma chère. En l'honneur des représentants officiels de Jabal et des émissaires égyptiens venus nous féliciter pour nos fiançailles.

Liv s'arrêta aussitôt de mâcher et le contempla d'un regard terrifié.

— Des représentants de Jabal seront ici ?

— Oui, mais aucune raison de vous affoler. Ils ne seront pas autorisés à vous adresser la parole sans ma permission — et je ne la leur donnerai pas. Je ne vous quitterai pas d'une semelle, mes hommes seront là et tout se passera bien… Mais nous devons aller vous chercher des vêtements. J'ai demandé au Dr Hassan de passer vous prendre quelque chose dans une boutique que je connais. Le paquet est dans votre chambre :

finissez votre collation, habillez-vous et retrouvez-moi en bas dans un quart d'heure. Le trafic risque d'être dense, et nous devons rentrer à temps pour que votre styliste s'occupe de vous.

5.

Liv avait avalé presque l'intégralité des canapés et des petits-fours à la crème et se sentait repue. Cet en-cas léger et savoureux était exactement ce dont elle avait rêvé.

Le Dr Hassan avait admirablement choisi ses vêtements : en parvenant dans le hall de l'hôtel, elle admira une dernière fois la petite robe de coton blanc et la veste assortie, qui lui tombaient à la mi-mollet. Le tissu était léger et frais sur sa peau. Elle avait libéré ses cheveux, qui tombaient en longues boucles sur ses épaules.

Devant les portes de l'hôtel, une Mercedes noire attendait, et Khalid lui ouvrit la portière avant d'ordonner au chauffeur de les conduire dans le plus grand centre commercial du centre-ville.

Tandis que la voiture empruntait l'artère principale, Khalid lui expliqua que le *First Residence Complex* abritait les plus fabuleuses boutiques de luxe du Caire, ainsi que le *Four Seasons*, où descendaient les stars de cinéma et les cheiks des pays avoisinants.

— Ah ? Pourquoi n'avez-vous pas réservé là-bas, dans ce cas ? demanda-t-elle, tout en jetant un coup d'œil à la haute façade ombragée par les palmiers.

Il sourit.

— D'ordinaire, je le fais. Mais je savais que vous aviez envie de voir la grande pyramide. Et puis, j'ai pensé qu'un établissement historique comme le *Mena House* correspondrait mieux à votre goût pour l'histoire locale.

— Vous… vous l'avez choisi *pour moi* ?

— Oui.

Profondément touchée par cette attention inattendue, mais également flattée et confuse, Liv sentit son cœur se comprimer et murmura timidement :

— Merci.

— Nous y sommes, lança Khalid, comme la limousine s'arrêtait devant un élégant bâtiment moderne. Et je crois que votre assistante de shopping nous attend aussi.

— Mon assistante ?

En se tournant vers le trottoir, Liv découvrit une ravissante jeune femme en tailleur gris sombre qui venait de se poster devant la limousine et ouvrait la portière en souriant.

Devant Khalid, elle esquissa une rapide révérence avant d'en faire de même pour Liv.

— Je suis Val Bakr, votre assistante, déclara-t-elle, et je suis là pour faciliter vos achats et vous aider à constituer une garde-robe de manière rapide et efficace.

Stupéfaite, la jeune femme se laissa conduire par son *assistante* dans le dédale de boutiques, et put bientôt constater que Val avait déjà sélectionné une douzaine de tenues complètes qu'elle n'avait plus qu'à essayer.

Khalid les suivait dans chaque magasin, mais il s'asseyait dans un coin et attendait qu'elles sortent des cabines pour les suivre vers une nouvelle enseigne.

En moins d'une heure, Liv se retrouva parée d'une montagne de robes, de pantalons, de jupes, de chemisiers, de tops et de blouses, mais aussi d'escarpins, de mocassins, de sandales, de maillots de bain, de sous-vêtements et de collants, de nuisettes et de chapeaux, de ceintures et de foulards…

Le tout était à tomber à la renverse. Il s'agissait de vêtements remarquablement bien coupés, dont les tissus de première qualité bruissaient agréablement sous les doigts, et dont les couleurs sobres ou chatoyantes correspondaient parfaitement à ses goûts. Elle avait notamment hérité d'une magnifique ceinture en croco vert et d'un cardigan de cachemire blanc brodé de perles authentiques. Ses escarpins Valentino étaient splendides, et le cuir du superbe sac Yves Saint Laurent était d'une telle souplesse qu'elle ne se lassait pas de le caresser pour admirer ses reflets bruns, changeants dans la lumière.

Khalid n'avait pas tendu une seule fois une carte de crédit : il se contentait de demander que tout soit mis sur son compte et livré à l'hôtel, si bien qu'ils sortaient de chaque boutique les mains vides.

Enfin, après une dernière visite chez un gantier, il prit le bras de Liv et la ramena vers la limousine, laissant Val Bakr rentrer chez elle.

La jeune femme avait la tête qui tournait et se sentait encore prise dans ce tourbillon d'étoffes et de matières. Elle avait tout simplement l'impression d'être dans la peau de Julia Roberts dans *Pretty Woman.*

— Vous n'allez pas *vraiment* acheter tout ça ? s'enquit-elle d'un ton anxieux, en restant devant la portière qu'il venait de lui ouvrir.

Il ne prit pas même la peine de répondre et se pencha à la fenêtre, côté passager, pour indiquer au chauffeur qu'ils devraient rentrer au *Mena House* en toute hâte.

Mais Liv n'était pas prête à renoncer aussi facilement. Elle resta immobile, tandis que Khalid attendait impatiemment qu'elle monte dans la voiture.

— Montez, s'il vous plaît, lui intima-t-il en accompagnant son ordre d'un geste de la main.

— Cheikh Fehr, j'ai vu le prix inscrit sur le sac Yves Saint Laurent… A lui seul, il vaut plus que tous les vêtements dont je dispose chez moi, à Pierceville, en incluant le manteau de cuir que mon père m'a offert pour mes vingt ans. Même ma voiture ne vaut pas ce prix-là !

Khalid soupira et baissa les yeux sur sa montre.

— Mademoiselle Bakr a un goût très sûr, et tout ce qu'elle a choisi convient parfaitement. Vous aviez besoin d'une garde-robe, non ? Maintenant, grimpez dans cette voiture.

— Mais je n'avais pas besoin de tout ça ! protesta-t-elle vigoureusement. Une ou deux jupes, trois T-shirts et une paire de sandales auraient fait l'affaire. Mais ces accessoires extravagants qui valent plus de...

— Montez dans la voiture, je vous prie, coupa-t-il d'un ton sec, la mâchoire serrée.

Etonnée par son insistance, elle finit par obtempérer. Elle poussa un long soupir tandis que la limousine démarrait.

— Nous ne discutons pas avec nos femmes en pleine rue, ni devant des inconnus, expliqua-t-il alors, d'une voix vibrante de colère.

Liv se sentit rougir. Elle avait voulu lui éviter d'inutiles dépenses. Et au lieu de lui faciliter les choses, elle l'avait publiquement humilié, selon les codes culturels en vigueur ici.

— Je regrette, dit-elle. Je n'avais aucune intention de me montrer irrespectueuse. Mais vous avez dépensé beaucoup d'argent pour moi, et j'en suis très gênée. Ce n'était pas nécessaire.

— Au contraire, c'est indispensable, répliqua-t-il. A partir de maintenant, vous me représentez. Et je suis assez connu, dans le monde arabe.

— Mais vous comprenez que je ne pourrai jamais vous rembourser les sommes que vous venez d'investir dans cette garde-robe délirante, protesta-t-elle timidement. Ma mère en serait également incapable. Elle est décoratrice et prendra bientôt sa retraite. Quant à Jake, il est charpentier.

Khalid soupira.

— Il n'est pas question que vous me remboursiez. En

revanche, je dois pouvoir compter sur votre respect et votre coopération. Je suis en train de risquer mon honneur et celui de ma famille pour vous. Et ici, l'honneur représente tout. Pour le dire autrement, c'est la différence entre la vie et la mort.

La nuit commençait à tomber, et les réverbères illuminaient maintenant les avenues du centre-ville.

— Ma mission est d'assurer votre protection, enchaîna-t-il. Mais je ne pourrai le faire qu'avec votre coopération. Faites-moi confiance quand je vous dis que nous sommes face à une situation extrêmement dangereuse.

Cet avertissement la fit frémir.

— Je ne veux pas vous faire peur, poursuivit-il. Mais vous devez comprendre qu'à partir de maintenant, nos moindres gestes seront observés à la loupe. Décryptés et analysés par la presse… Vous devez vous faire discrète. Et les seuls moments où vous serez réellement en sécurité seront ceux que nous passeront seuls l'un avec l'autre.

Comme elle acquiesçait en silence, il soupira et reprit :

— Une dernière chose. J'ai appelé votre frère pendant que vous mangiez dans le salon, et je lui ai dit que vous lui téléphoneriez vous-même plus tard. Il m'a prié de vous dire qu'il est très impatient de vous entendre, et il nous adresse ses félicitations.

A ces mots, Liv sentit son sang se glacer dans ses veines.

— Ses félicitations ? souffla-t-elle. Vous lui avez parlé de cette histoire de fiançailles ?

— Je n'avais pas le choix. La nouvelle va circuler dans les journaux très vite, et sur internet… Il valait mieux qu'il l'apprenne de ma bouche, non ?

Liv ferma les yeux et prit une longue inspiration.

— Mais Khalid, nous n'allons pas réellement nous marier, rétorqua-t-elle d'un ton ferme. Il ne s'agit que d'une mascarade que nous allons jouer le temps nécessaire. Vous auriez dû l'expliquer à mon frère, qui se ronge les sangs depuis des semaines, et que cette nouvelle va plonger dans des abîmes d'inquiétude.

— Il ne peut pas être plus inquiet qu'il ne l'est déjà, murmura Khalid.

— Comment cela ? Que voulez-vous dire ?

Il se mordit la lèvre mais se retourna brusquement vers elle pour déclarer :

— Votre mère a très mal pris l'annonce de votre disparition, et…

— Très mal ? Qu'est-ce que ça veut dire ? s'écria-t-elle, le cœur battant.

— Elle a eu une crise cardiaque…

— Non ! s'exclama-t-elle en se couvrant la bouche des deux mains avant de répéter : Non, non… Ce n'est pas possible !

— Apparemment, elle va beaucoup mieux, assura Khalid. Son état est stable, et elle se repose chez vous. Mais elle n'a pas beaucoup de forces et votre frère veille sur elle de manière constante. Sinon, vous pensez bien qu'il serait déjà ici.

Liv secoua la tête tandis que le martèlement dans ses tempes s'intensifiait. Elle avait la sensation de sombrer dans le chaos et des frissons brûlants et glacés la parcouraient.

— Quand a-t-elle eu cette crise cardiaque ? demanda-t-elle d'une voix altérée par l'émotion.

— La semaine dernière…

— Je ne suis pas prête à perdre ma mère, dit-elle très bas, comme pour elle-même. Mon père nous a quittés il y a deux ans à peine. Non, je ne veux pas…

— Liv, je sais que c'est beaucoup, pour vous. Mais vous devez me faire confiance. Votre mère se remet doucement, et il ne vous arrivera rien si vous faites ce que je vous dis. Nous arrivons à l'hôtel… Vous allez monter dans votre chambre et vous laisser coiffer et habiller par la styliste et la maquilleuse. Ensuite, je viendrai vous chercher pour vous conduire dans la salle de réception. Cette soirée est déterminante : personne ne doit penser qu'il s'agit d'un coup monté. Vous me promettez de faire un effort ?

Encore bouleversée, Liv se contenta de hocher la tête.

Tout plutôt que de laisser le moindre doute s'infiltrer dans le cerveau machiavélique des hommes de Jabal, et leur permettre de la séparer de sa famille, et de sa mère.

— Vous êtes radieuse, déclara la styliste en examinant Liv de la tête aux pieds. Fraîche, jeune et charmante… Exactement ce que doit être une vraie princesse !

Liv se retourna vers l'esthéticienne qui venait d'achever sa manucure, et qui confirma l'avis de sa consœur d'un sourire bienveillant.

Puis, elle se contempla dans le miroir.

Jamais elle n'avait eu droit à une séance de soins pareils. Les deux jeunes femmes s'étaient empressées autour d'elle comme elles l'auraient fait avec une star de cinéma. Et le résultat était stupéfiant : c'était presque une autre Liv, qui lui souriait timidement dans la glace. Une Liv délicatement maquillée, et dont les cheveux étaient relevés pour retomber en anglaises innocentes autour de son visage. Une Liv moulée dans un superbe fourreau de soie blanche brodée de fleurs de perles et de fils d'or…

— Allez-y, maintenant, reprit la styliste en lui adressant un clin d'œil complice. Et profitez bien de votre soirée !

Sa soirée, songea-t-elle sombrement. Une soirée terrifiante, oui…

Khalid retint son souffle en voyant la jeune femme pénétrer dans l'immense salle de réception. L'inconnue de la photographie en noir et blanc avait disparu, de même que la malheureuse cachée sous l'épaisse robe de prisonnière. Devant lui se tenait une véritable princesse, qui captait tous les regards et faisait naître des murmures admiratifs chez les officiels égyptiens.

Sa chevelure était plus lumineuse qu'un matin d'été. La grâce de sa silhouette et de son port de tête le stupéfiait. De larges bracelets d'or couvraient ses avant-bras pour cacher ses bleus, mais les cernes qui voilaient encore son magnifique regard quelques heures plus tôt avaient disparu.

Seul l'émissaire de Jabal fronçait les sourcils. Il s'avança bientôt vers Khalid en faisant tinter la rangée de médailles accrochées à son uniforme.

— Sa robe ne lui couvre pas la tête, observa-t-il d'un ton réprobateur.

— Elle n'a pas à se couvrir, ici, rétorqua Khalid. Elle est avec moi.

— Mais vous la faites parader, comme une… comme une…

— Faites attention, lança vivement Khalid, des éclairs dans les yeux. Il s'agit de ma future épouse, et je ne permettrai à personne de l'insulter.

Le secrétaire d'Etat de Jabal les rejoignit à son tour et s'enquit d'une voix soupçonneuse :

— Si elle est réellement votre promise, quand la cérémonie doit-elle être célébrée ? Car il est illégal pour une femme de se promener ainsi, sans chaperon et…

— Elle est chaperonnée, rétorqua-t-il. Sa suite l'attend dans ses appartements. Vous voulez peut-être que je vous présente ses dames de compagnie, monsieur Al-Awar ?

— Il n'en est pas question, Votre Altesse, intervint un représentant égyptien. Votre parole nous suffit, et permettez-moi de vous présenter personnellement mes plus sincères félicitations. Nous sommes également honorés de cette visite prénuptiale dans notre pays.

— Merci, répondit Khalid.

— A ce propos, nous ne savons rien de votre voyage de noces, reprit un colonel de Jabal. Mon gouvernement s'en étonne. Si ces fiançailles ne sont que…

Khalid serra les poings, se retenant de lui dire que ce qu'il appelait « gouvernement » n'était qu'un groupe de bandits que l'ensemble des grandes démocraties parviendrait un jour à faire tomber et à asseoir devant un tribunal international.

Affichant un sourire mielleux, il rétorqua le plus calmement du monde :

— Je suis certain que vous savez que les mariages royaux ne s'organisent pas à la légère, colonel. Il s'agit de cérémonies fastueuses, et dès que la date aura été fixée par mon frère et ses ministres, je ne manquerai pas de vous la communiquer, en espérant vous compter parmi mes invités le jour dit.

Le colonel et le secrétaire d'Etat restèrent silencieux avant d'échanger un bref coup d'œil.

— Parfait, conclut le deuxième. Dans ce cas, nous vous adressons toutes nos félicitations.

— Merci. Maintenant, si vous voulez bien m'excuser j'aimerais rejoindre ma fiancée. J'espère que le dîner que j'ai commandé vous plaira et que vous passerez une excellente soirée.

Sur ces mots, il tourna les talons et se dirigea vers Liv.

Seule à une extrémité du buffet, elle semblait perdue. Et en découvrant la lueur de tristesse dans ses grands yeux bleus, Khalid sentit quelque chose se serrer dans sa poitrine.

Ce n'était pas ce qu'il voulait… Il ne devait à aucun prix laisser Olivia Morse entrer dans son cœur. Il n'avait pas quitté son désert et sa liberté pour s'engager dans une relation à long terme. Il aimait sa vie de célibataire, sa solitude, cette existence un peu sauvage qui le protégeait des tourments de l'âme. Et soudain, ce mariage semblait très réel.

Dire qu'il avait un jour fait le serment de ne jamais se marier…

Deux heures plus tard, la jeune femme fut escortée jusqu'à sa suite, et Khalid attendit que tous les invités soient partis pour monter lui-même se coucher.

Mais, une fois seul dans son lit, il ne parvint pas davantage à trouver la paix. Le visage de Liv le hantait. Elle avait parfaitement donné le change, ce soir. Il se sentait fier d'elle. Mais ce sentiment le gênait aussi.

Il se retournait entre ses draps depuis un long moment quand un cri déchira la nuit et qu'il se redressa d'un bond : Liv !

Traversant la suite d'un pas vif, il poussa la porte de sa chambre et découvrit la jeune femme roulée en boule dans son lit. Elle dormait profondément.

Un cauchemar ? Qu'avait-elle vécu, exactement, à Ozr ?

Il s'assit doucement près d'elle et écouta le rythme régulier de sa respiration. Ses longs cheveux blonds s'étalaient sur l'oreiller, comme une auréole dorée. Son expression tranquille lui rappelait celle d'une jeune fille prête à embrasser la vie qui s'ouvrait à elle.

Poussant un profond soupir, il se releva. Il s'apprêtait à quitter la chambre quand il l'entendit murmurer :

— Bonne nuit, Jake.

Jake. Son grand frère. En un flash, il se rappela qu'il avait été un grand frère protecteur, lui aussi… Mais ses deux sœurs l'avaient quitté pour toujours. Et le chagrin était resté le même, aussi intense que le jour des obsèques.

— Bonne nuit, Liv, répondit-il en fermant doucement la porte derrière lui.

6.

La sonnerie du téléphone réveilla Khalid au petit matin. D'un geste engourdi, il attrapa l'appareil et reconnut immédiatement le numéro.

— Tu es roi et tu viens de te marier, grommela-t-il. Tu devrais avoir mieux à faire que m'appeler à cette heure-ci…

— Tu m'avais promis de n'enfreindre aucune loi, lança aussitôt son frère aîné.

Khalid se redressa sur ses oreillers, surpris par le reproche dans la voix de Sharif.

— Et j'ai tenu ma promesse, affirma-t-il.

— Alors, pourquoi le président de Jabal veut-il que cette jeune femme revienne immédiatement dans son pays ?

Khalid manqua s'étrangler.

— Parce que ce n'est pas un président ! C'est un dictateur condamné par toutes les associations des droits de l'Homme, ainsi que par les Nations Unies !

— Khalid, c'est très sérieux.

— Je le sais. Mais il n'est pas question que Liv retourne là-bas. Je ne le permettrai pas.

— Tu l'as libérée par des moyens illégaux, reprit Sharif.

— Pour faire sortir quelqu'un d'Ozr, tu sais que tous les moyens sont bons. Cet endroit est une insulte à l'humanité.

— Mais tu l'as fait sortir en prétendant qu'elle était ta fiancée ! insista-t-il. Comment as-tu pu faire une chose pareille ? Ils sont furieux, persuadés que tu t'es payé leur tête ! Et avec toi, c'est toute la nation de Sarq qui s'est moquée d'eux !

— Eh bien, mon mariage devrait les apaiser, je suppose ?

Un court silence pesa sur la ligne avant que Sharif ne reprenne :

— Tu ne comptes pas épouser une jeune femme que tu ne connais pas ? C'est ridicule. Tu viens de passer dix ans dans le désert et tu as été assez clair sur tes intentions de ne pas te marier pour vivre dans la plus complète solitude, hors de toute attache sentimentale.

— Sharif, elle a de gros ennuis.

— Et alors ? Tu comptes épouser toutes les femmes qui ont des ennuis sur terre ? explosa son frère. Ça ne tient pas debout ! Khalid, tu ne peux pas sauver le monde entier.

— Je ne cherche pas à la sauver.

— Ah non ? railla-t-il.

— Non. Elle est innocente.

— Tu en es certain ?

Khalid hésita un court instant avant d'affirmer :

— Oui. Elle ne se drogue pas.

— Le kilo de cocaïne qu'elle transportait n'était peut-être pas destiné à sa consommation personnelle, ironisa Sharif.

— Liv n'est pas une criminelle, reprit-il avec plus de force. Elle n'a aucun casier judiciaire, et mes détectives n'ont pas même trouvé un excès de vitesse dans son passé… C'est une jeune femme innocente et tranquille, qui a toujours vécu dans une petite ville d'Alabama, au sein d'une famille honnête et respectueuse des lois.

— Je vois. Et tu crois que ça suffit pour te marier ?

— Pourquoi pas ? Tu as bien épousé une enseignante anglaise ! Rien ne s'oppose à ce que je m'unisse avec une jeune femme qui travaille dans une agence de voyages américaine !

— Tu sais très bien que ce n'est pas comparable : je

connaissais Jesslyn depuis des années. Elle était la meilleure amie de nos sœurs, et elle n'a jamais été accusée de quoi que ce soit. Tu ne peux pas mettre la paix de notre pays en jeu pour une femme que tu ne connais pas, Khalid…

— Liv n'est pas une criminelle ! Mais je vais prendre une semaine pour démêler cette histoire. Mes détectives recherchent activement la femme qui aurait placé la drogue dans le sac de Liv. Je te promets de ne pas engager Sarq dans une sale histoire, Sharif. Je réglerai tout ça. Tu as ma parole.

Son frère poussa un profond soupir.

— J'espère qu'une semaine te suffira. Et surtout, que tu réussiras. Parce que sinon, nous sommes dans les ennuis jusqu'au cou.

Après avoir raccroché, Khalid alla faire quelques pas sur le balcon, pour contempler le lever du soleil sur la grande pyramide.

Huit jours. Il avait huit jours pour faire innocenter Liv… Après quoi, il faudrait célébrer le mariage au plus vite.

La jeune femme n'était pas en sécurité, ici. Mieux valait l'emmener loin des foules et des grandes métropoles. Mais il n'était plus question de rentrer à Sarq. Ils devaient disparaître, sans inquiéter les autorités de la région, après avoir rendu leurs fiançailles officielles. Une croisière sur son yacht sous pavillon égyptien était peut-être la solution idéale…

La jeune femme avait déjà revêtu une longue jupe bleu marine et un chemisier crème quand Khalid la trouva un moment plus tard sur le second balcon, attablée devant son petit déjeuner.

Elle leva la tête vers lui, reposa le journal sur ses genoux et soupira :

— C'est partout. Dans les quotidiens, les magazines, les revues people… Partout. Vos fiançailles font la une.

— *Nos* fiançailles, corrigea-t-il.

— Quand toute cette histoire finira-t-elle ?

— Ce n'est pas prévu au programme, coupa-t-il d'un ton sec. Nous sommes dans cette galère ensemble. Pour le meilleur et pour le pire. Et le pire, vous le connaissez : c'est Ozr.

Liv frissonna et sentit son estomac se nouer. Pour Khalid, un mariage de convenance n'était peut-être pas une idée intolérable ; mais pour elle, si.

Elle voulait aimer de toute son âme l'homme qui deviendrait son époux. Et pour lui, elle voulait représenter le centre du monde. Oui, elle espérait se sentir emportée par un sentiment vertigineux et lire dans le regard de l'être aimé la certitude qui serait également la sienne : ils étaient faits l'un pour l'autre, et c'était une évidence.

Depuis toute petite, elle avait imaginé son mariage, dans une clairière de la forêt de Pierceville. Elle porterait une robe blanche, et les enfants des voisins lui lanceraient une pluie de fleurs des champs…

— Je refuse d'envisager un mariage qui ne soit pas fondé sur l'amour, déclara-t-elle en le fixant droit dans les yeux. Et encore moins sans la présence de ma mère.

Une lueur d'amusement s'alluma dans le regard noir de Khalid.

— J'apprécie le romantisme. Et ayant eu des sœurs, je mesure parfaitement à quel point c'est important pour une femme. Mais nous ne vivons pas dans un conte de fées, Liv. La réalité qui s'impose à nous est incontournable, il faut l'accepter. Mais au fait, comment avez-vous dormi, cette nuit ?

Ce brusque changement de sujet lui fit hausser les sourcils.

— Bien, dit-elle.

— Pas de mauvais rêves ?

— Non, je ne crois pas. Mais je me souviens rarement de mes rêves.

— Parfait. Vous semblez beaucoup plus en forme qu'hier. Vous avez appelé votre frère, avant de vous coucher ?

Elle soupira au souvenir de cette trop brève conversation.

— Oui. Mais il était auprès de ma mère, et il n'a pas fait mention de nos fiançailles. J'imagine qu'il ne lui en a rien dit.

Khalid hocha la tête.

— C'est ce que font les hommes responsables : ils prennent soin de leurs femmes, qu'il s'agisse de leur épouse, de leur sœur ou de leur mère.

— Vous êtes proche de votre mère ?

— Non.

— Et de vos sœurs ?

Il eut un geste d'impatience et lança :

— Vous êtes prête à faire du shopping ?

— Du shopping ? répéta-t-elle, stupéfaite. Nous en avons déjà fait hier !

— Cette fois, vous n'aurez pas à vous déplacer, dit-il en se dirigeant vers la porte, pour faire entrer un vieil Egyptien au visage souriant.

Comme l'homme s'inclinait devant lui, Khalid lui serra chaleureusement la main et s'enquit :

— Je ne vous ai pas fait attendre ?

— Pas du tout, Votre Altesse, je viens d'arriver.

Liv contempla avec étonnement la main du vieil homme, menottée à une valise.

Puis, toujours aussi perplexe, elle le vit sortir une clé de sa poche tandis que Khalid fermait les portes du balcon et l'invitait à déposer sa valise sur une table basse, face à la lumière.

— Monsieur Murai est le bijoutier officiel des plus grandes familles du Moyen-Orient, expliqua-t-il. Il est venu vous aider à choisir votre bague de fiançailles.

— Mais je ne veux pas de…

En rencontrant le regard courroucé de son compagnon, Liv s'interrompit et se rappela ce qu'il lui avait dit la veille : pas de discussion devant des étrangers.

Le bijoutier l'invita à s'installer près de lui, et Liv comprit pourquoi il veillait jalousement sur sa valise, dont l'intérieur était garni de velours noir : elle contenait une trentaine de bagues ornées de diamants qui lui parurent énormes !

Malgré elle, Liv étouffa une exclamation et porta une main à ses lèvres :

— Seigneur...

Le bijoutier sourit.

— Je ne sais pas si les diamants sont les meilleurs amis d'une femme, souffla-t-il d'un ton complice, mais ils sont bel et bien éternels. Néanmoins, certaines tailles suivent l'air du temps et la mode... En ce moment, la rose et la marquise rencontrent un vif succès.

Il lui tendit deux modèles qu'elle examina, éblouie. Les pierres étincelaient sous le soleil, mais elles étaient si imposantes qu'elle se sentit mal à l'aise.

— Non, je ne pourrais jamais porter un bijou pareil, fit-elle en contemplant, effarée, le gros solitaire en marquise brillant de mille feux. J'aurais l'impression de me promener avec un trésor royal...

Le vieil homme lui décocha un bref regard et souleva le premier écrin pour en révéler un second.

— Hum. Je vois... Je crois que j'ai une idée de ce qui vous plairait. Tenez, c'est l'une de mes favorites. Très classique, très élégante, et seulement deux carats.

Liv baissa les yeux sur le ravissant anneau au cœur duquel était incrusté un diamant admirablement taillé. Sa teinte jaune pâle lui rappelait la douceur du sable fin sur une plage déserte...

— Il vous va à ravir, observa Khalid en souriant.

Liv se sentit rougir et contempla la pierre sur son annulaire.

— C'est la plus belle bague que j'aie jamais vue…

— Alors c'est réglé, conclut-il en se levant. Monsieur Murai, pouvez-vous la faire ajuster dans les plus brefs délais ? Nous quittons Le Caire en début d'après-midi.

Dans le jet prêt à atterrir à Assouan, cité située à plus de huit cents kilomètres au sud du Caire, Liv contemplait tristement le diamant brillant à son doigt. Ainsi que le lui avait rappelé Khalid, ils étaient désormais officiellement fiancés. Et cette fois, elle ne put retenir la grosse larme qui roulait sur sa joue.

L'homme qui se tenait auprès d'elle ne bougeait pas plus qu'une statue égyptienne. Son silence lui rappelait celui du grand désert où il vivait d'ordinaire. C'était un solitaire. Un passionné de larges horizons, élevé dans l'une des plus richissimes familles royales de la planète. Qu'avaient-ils en commun ?

Rien. Strictement rien.

Et aujourd'hui, elle se trouvait dans ce jet au lieu de voler en direction des Etats-Unis et de son foyer. Dire qu'elle avait cru être libre, la veille ! Quelle erreur !

Mais elle était seule à blâmer.

— Eh oui, c'est ma faute, dit-elle très bas.

Elle croyait Khalid plongé dans ses propres réflexions, mais il tourna la tête vers elle et demanda, étonné :

— Quoi donc ?

Comme l'émotion l'étranglait, elle déglutit avec peine.

— C'est moi qui ai suggéré à Elsie de ranger sa trousse dans mon sac, avoua-t-elle. Elle tenait sa pochette à la main, et je lui ai dit de la mettre dans mon sac à dos, pour qu'elle ne la perde pas.

Khalid hocha lentement la tête.

— Tu connaissais bien cette Elsie ?

Elle soupira. Naturellement, des fiancés officiels étaient autorisés à se tutoyer…

— Non. Nous nous étions rencontrées quelques jours plus tôt, au Maroc. Elle faisait partie d'un groupe de jeunes touristes en provenance d'Europe et d'Australie. Des gens adorables. Nous avons visité le Maroc avant de prendre l'autocar qui traversait Jabal…

— Pourquoi Jabal ?

— Nous avons manqué le car à destination du Caire, et tout le monde disait qu'il était moins cher de changer à Jabal pour reprendre un car vers l'Egypte. C'est pourquoi je les ai rejoints. Je pensais qu'il serait plus sûr de voyager avec tout un groupe plutôt que de me rendre là-bas par mes propres moyens.

Elle secoua la tête et se mordit la lèvre.

— Mais je me suis bien fourvoyée. Et si tu n'étais pas venu… Je ne serais probablement jamais sortie de cette prison.

Il s'approcha doucement et murmura :

— Mais je suis venu. Et je t'ai promis de t'offrir ma protection.

Tout en lui adressant un sourire de gratitude, Liv frissonna. Khalid était un homme intimidant, mais protecteur. Or, cette combinaison lui paraissait dangereuse, surtout qu'elle avait fréquenté très peu d'hommes dans sa vie. Jamais elle n'avait eu de petit ami. Un garçon l'avait bien embrassée au bal du lycée, et un autre, après un dîner — mais ces amourettes n'avaient pas eu de suite.

Et en cet instant, elle avait conscience de la présence de Khalid, dont elle sentait le corps puissant et musclé à quelques centimètres d'elle. Il semblait même y avoir de l'électricité dans l'air.

Mal à l'aise, elle glissa à l'extrémité opposée de son siège et s'efforça d'ignorer la bouffée de chaleur qui la gagnait.

— Dis-moi où tu nous conduis et ce que nous allons faire, suggéra-t-elle.

— Nous allons nous enfoncer dans l'ancienne Egypte, répondit-il en souriant. La vraie. Celle des pharaons et des temples.

Il n'avait pas plus tôt prononcé ces mots qu'elle leva vers lui un regard brillant d'excitation :

— C'est vrai ? s'écria-t-elle, incapable de masquer son enthousiasme. C'était exactement ce que je voulais voir ! Je n'avais pas l'intention de visiter Le Caire, mais de découvrir Alexandrie, Louxor, Assouan…

— Nous ferons une brève visite d'Assouan aujourd'hui même, et nous terminerons le voyage avec Louxor. Tiens, regarde la carte…

Tandis qu'il la dépliait pour la poser sur leur tablette centrale, Liv ne put s'empêcher de contempler ses longues mains. Ces mains à la fois puissantes et raffinées, dont la peau mate et les ongles impeccablement coupés lui rappelaient une sculpture.

Dans son costume italien gris clair, il était terriblement séduisant, et elle se sentit rougir en rencontrant son intense regard noir. A Pierceville, il était rare de croiser un homme d'une telle élégance.

— Tu vois, ici, c'est le temple d'Isis, sur l'île Agilika… Nous irons le voir dans l'après-midi, après un bon déjeuner à Assouan. Nous allons prendre le ferry et traverser le Nil pour…

— Une traversée du Nil pour voir le temple d'Isis ? répéta-t-elle en battant des mains. Oh, j'en rêvais ! Merci, Khalid !

*
* *

En une heure, Liv était parvenue à laisser derrière elle ses inquiétudes et ses humeurs sombres. Fascinée, elle écoutait les récits de Khalid tandis qu'ils exploraient l'île Agilika.

Le lieu était une pure merveille, et elle avait maintenant l'impression de vivre son rêve d'exotisme et de découverte de l'Egypte ancienne : devant les ruines du temple, avec le Nil sinuant à l'horizon, elle se sentait plus heureuse qu'elle ne l'avait été depuis des semaines.

Durant son enfance, elle avait dévoré les récits mythologiques égyptiens ; enfin elle rencontrait Isis, l'un de ses personnages favoris ! Les connaissances de son compagnon en matière d'égyptologie étaient infinies. Il venait tout juste de lui expliquer comment l'île de Philae avait été engloutie, quand elle sentit soudain son bras effleurer le sien.

Par réflexe, elle recula d'un pas, et leurs regards se rencontrèrent.

Oui, Khalid était merveilleux. Attentionné, généreux, plein de surprises... Mais elle ne pouvait pas l'épouser, songea-t-elle, le cœur battant. Non, c'était impossible.

Comme s'il avait perçu sa gêne, il l'entraîna vers l'embarcadère et demeura silencieux quelques instants.

— Je crois que mon bateau va te plaire, annonça-t-il enfin.

— Ton bateau ? Nous ne reprenons pas le ferry pour Assouan ?

Il secoua la tête en souriant et lui désigna le Nil.

— Regarde.

Suivant la direction qu'il lui indiquait, elle se retourna et aperçut un somptueux yacht royal, de l'ampleur de ceux qui sillonnaient les îles grecques en Méditerranée...

Et ce n'était pas n'importe quel bateau ! C'était exactement celui qui avait hanté ses fantasmes d'adolescente : une *dahabieh*, avec son pont supérieur ombragé d'un vélum, identique aux élégantes embarcations qui sillonnaient le Nil jusqu'au XIXe siècle.

Un vaisseau de rêve, tout droit sorti d'un roman d'Agatha Christie, et sur lequel elle n'aurait jamais pensé avoir la chance d'embarquer.

— Nous… nous allons faire une croisière ? demanda-t-elle, le cœur empli d'espoir.

— Oui. Ça te fait plaisir ?

— Oh… Oui !

Une croisière sur le Nil ! Son rêve. Elle se voyait déjà sur le pont du bateau, à discuter avec les touristes et les membres du personnel navigant.

Le souffle court, elle admira la silhouette du yacht blanc, visiblement prêt à larguer l'amarre. Qui pouvait bien avoir la chance de naviguer à son bord ?

— Le capitaine travaille pour moi depuis de longues années, enchaîna Khalid. Et il y a quarante ans qu'il voyage sur le Nil : il connaît tous les secrets de ce fleuve, et tu ne peux pas rêver meilleur guide que lui.

Liv n'en croyait toujours pas ses yeux.

— Tu veux dire que nous allons faire une croisière sur *ce* bateau ? murmura-t-elle, stupéfaite. Ça, c'est *ton* bateau ? Un bateau *privé* ? Mais il est immense !

Sa surprise s'accrut encore lorsqu'elle monta à bord et qu'elle eut tout loisir d'admirer la rangée de chaises longues de bois d'ébène et coton blanc, adossées aux boiseries du pont. Puis, elle découvrit le luxe des salons et du fumoir, et le faste des cabines.

La suite de Khalid se trouvait à l'avant. Munie de lanternes maritimes en guise d'appliques murales, comme toutes les autres pièces du bateau, elle paraissait aussi vaste que celle de l'hôtel du Caire. Tout le mobilier rappelait le style colonial britannique, à l'exception de quelques détails typiquement égyptiens comme les gravures anciennes, les plaids en laine de chameau et les coussins aux couleurs chaudes.

Emerveillée, Liv frissonna. Dans une *dahabieh*, tout semblait démesurément romantique, magique… Mystérieux.

Après lui avoir offert un tour complet du bateau, Khalid l'escorta jusqu'à sa propre suite, presque aussi immense que la sienne.

— En croisière, nous avons l'habitude de dîner plus tard, précisa-t-il en jetant un coup d'œil dans sa chambre pour vérifier que tous ses bagages y avaient été amenés. Mais si tu as faim, rien ne nous empêche d'avancer l'heure du repas.

— Oui, j'ai assez faim, reconnut-elle. Mais je peux attendre. Je ne tiens pas à être l'une de ces invitées qui font des caprices et…

— Tu n'es pas une invitée, ici, Liv, coupa-t-il. Tu es chez toi. Si tu as faim, nous mangeons ; si tu es fatiguée, tu peux faire une sieste. Tu n'as pas à demander d'autorisation.

Ces paroles la terrifièrent, mais elle s'efforça de sourire et murmura :

— Merci.

Pour toute réponse, il s'inclina avant de se diriger vers la porte. Avant de sortir, cependant, il ajouta :

— Rejoins-moi sur le pont principal quand tu le voudras. Je ferais servir le dîner dehors, pour que tu assistes à ton premier coucher de soleil sur le Nil. Tu n'auras pas besoin de porter une tenue trop formelle.

— Oui, je comprends, dit-elle en hochant la tête.

Mais dès qu'il eut fermé la porte, elle réfléchit et fronça les sourcils : une tenue peu formelle ? Que diable voulait-il dire ?

Un membre de l'équipage s'était déjà chargé de ranger ses vêtements dans une somptueuse armoire d'acajou, et elle contempla ses nouvelles robes, ses vestes et ses jupes pendues aux cintres. Les chaussures et les accessoires reposaient dans un meuble bas.

Après avoir passé en revue sa garde-robe une bonne dizaine de fois, Liv resta perplexe quelques instants. Enfin, elle choisit quelque chose de simple et habillé : un cardigan blanc à boutons de nacre et un pantalon slack, qu'elle porterait avec sa paire de sandales en daim à semelles de corde.

Dans la salle de bains, elle passa un long moment à admirer la collection de produits cosmétiques mis à sa disposition et songea que rien ne différenciait cette pièce de celle d'un palace.

Sans plus attendre, elle se rafraîchit le visage à l'aide d'un savon au parfum de lavande. Puis, elle brossa longuement ses cheveux pour les attacher en queue-de-cheval.

Quand elle sortit sur le pont, une brise fraîche lui caressa les joues, et elle aperçut les flammes des bougies disposées sur la table du dîner…

C'était une table féerique, garnie d'une nappe de soie. De nombreux plats y étaient disposés, contenant du riz pilaf, des morceaux d'agneau mariné, des crevettes grillées et des légumes sautés.

Khalid l'invita vite à s'asseoir, et elle se laissa aller à savourer ce moment d'exception : l'atmosphère était paisible et douce, le ciel prenait des couleurs chatoyantes… C'était comme si elle vivait au temps d'Isis.

— Quel destin…, murmura Khalid.

— Oui. J'admire la manière dont Isis se dévouait à son époux, répondit-elle. Elle a permis qu'il revienne du royaume des morts et elle lui vouait un amour total… L'amour devrait toujours ressembler à cela.

— Décidément, il n'y a pas de doute, conclut-il en emplissant son verre et en levant le sien, un sourire amusé aux lèvres : tu es une romantique.

Liv haussa les épaules.

— Je suis une femme.

— Oui, mais une femme célibataire…

— C'est une question ou une affirmation ? s'enquit-elle en fronçant les sourcils.

— Une affirmation, reconnut-il. Rien dans ton passé n'indique que tu aurais été mariée, et j'en ai conclu que tu as toujours été célibataire. Je me trompe ?

Cette réflexion ranima le malaise de la jeune femme, qui le dévisagea longuement avant de dire, d'un ton accusateur :

— Tu as enquêté sur moi…

— Je fais mener des enquêtes sur beaucoup de gens, se défendit Khalid.

— Drôle de manière de vivre en bonne intelligence avec autrui, rétorqua-t-elle, non sans amertume.

Aussitôt, le visage de son compagnon se ferma.

— Je n'ai pas le choix. J'ai toujours vécu ainsi, de même que ma famille. Nous devons mener une enquête sur tous ceux que nous fréquentons.

Liv frémit en se représentant ce mode de vie malsain.

— Et alors ? reprit-elle sèchement. Tu as trouvé quelques zones noires dans mon histoire ? Des secrets honteux ? Quoi que ce soit qui ait pu te choquer ?

Il secoua la tête et murmura :

— Non. Tu as vécu à l'abri de la corruption, comme je l'imaginais. Tu es blanche comme neige.

— Tu sembles déçu, s'esclaffa-t-elle avec un soupçon d'amertume.

— Pourquoi le serais-je ? Pourquoi me désolerais-je que tu n'aies pas d'expérience ?

Liv sentit son cœur battre un peu plus vite.

— A quoi fais-tu allusion, Khalid ? A ma vie en général, ou à ma vie amoureuse ?

— Ainsi, tu es vierge ?

Le caractère direct de cette question manqua la faire tomber de son siège.

— Oh, le rapport que tu as reçu aurait-il omis de le préciser ? lança-t-elle d'un ton acerbe.

Il soupira et lui adressa un regard intense en se rapprochant d'elle.

— Pourquoi es-tu en colère ?

D'un geste vif, elle se leva et fit quelques pas pour s'accouder au bastingage.

— Je ne sais pas. Peut-être parce que tu as lancé un limier sur mes traces afin d'obtenir des pages et des pages de renseignements, alors que de mon côté, je ne sais rien de toi. Nous sommes censés être fiancés, mais tu es pour moi une énigme, Khalid !

— Nous ne sommes pas « censés » être fiancés : nous le sommes, corrigea-t-il en la rejoignant.

Gênée, elle baissa les yeux sur son annulaire et observa une courte pause.

— Je ne me sens pas fiancée, finit-elle par avouer. En fait, je ne ressens rien du tout.

— Alors, il va falloir changer cela, n'est-ce pas ?

— Comment cela ?

Avant qu'elle n'ait eu le temps de comprendre ce qu'il allait faire, elle sentit sa main se poser sur sa taille, et il l'attira doucement contre lui pour couvrir ses lèvres d'un baiser.

C'était si inattendu que Liv n'eut pas le réflexe de se défendre. Déjà, la chaleur de sa bouche à la fois ferme et tendre affolait son cœur, et elle se laissa emporter par une légère ivresse... Ses lèvres se pressaient sur les siennes, exigeantes. Jamais elle n'avait été embrassée de cette manière, jamais elle n'avait senti son corps devenir si sensible, tandis qu'un brasier s'allumait au plus profond d'elle-même.

Tremblante, elle posa timidement ses mains sur son large torse pour le repousser, mais à peine eut-elle accompli ce geste qu'elle sentit ses dernières défenses tomber et tout son corps s'abandonner à son étreinte.

C'était divin.

Elle percevait les contours de ses pectoraux sous ses doigts, et même les battements de son cœur, à l'unisson du sien.

Jusqu'alors, elle n'avait fréquenté que de jeunes gens de son âge, et elle avait l'impression de se trouver pour la première fois de son existence entre les bras d'un homme — un homme fort, n'ayant pas peur de ses convictions, et déterminé à assumer ses responsabilités…

Prêt à tous les sacrifices pour sauver une femme qu'il ne connaissait pas.

Soudain, elle avait envie de découvrir une contrée qu'elle avait toujours évitée jusqu'alors… Oui, elle avait envie de connaître la passion, et elle répondit au baiser de Khalid avec une ardeur décuplée, savourant le goût de son haleine fraîche et ensorcelante.

Elle en voulait davantage.

Elle voulait cet homme, maintenant, où que l'aventure puisse les mener.

Mais il se recula soudain et la contempla d'un regard brûlant avant de murmurer :

— Ce n'est que le début…

Puis, la laissant à bout de souffle sur le pont, il partit en direction de sa suite.

7.

Pour la deuxième nuit d'affilée, Khalid fut réveillé par le cri de Liv. Sans hésiter, il sauta à bas de son lit et traversa rapidement les deux pièces le séparant de sa chambre.

Mais quand il parvint près de son lit, il la trouva encore endormie, un rayon de lune éclairant son charmant visage. Un visage n'exprimant rien qu'une parfaite sérénité…

Il fit quelques pas sur le pont et se demanda une nouvelle fois d'où venaient ces terribles cauchemars dont la jeune femme ne conservait nul souvenir au matin.

Si ce n'était pas à cause de son séjour à Ozr, quelles angoisses la tourmentaient ? Leur baiser l'avait-il déstabilisée ? Il regrettait d'avoir cédé à l'urgence de son désir et se reprochait de ne pas avoir été capable de se dominer. Mais la jeune femme éveillait en lui un feu d'une étrange nature : insatiable, constant. Un feu dont il n'aurait jamais soupçonné la force…

Le lendemain matin, mille questions le tracassaient encore quand il trouva Liv allongée sur le pont supérieur, offerte au soleil et visiblement très détendue. Sa robe de lin blanche toute simple faisait ressortir le blond lumineux de sa chevelure retombant sur ses épaules légèrement hâlées. Dans cette pose innocente, le tableau qu'elle offrait était ravissant : plus que jamais, elle incarnait la jeunesse et la fraîcheur. Ce qui ne la rendait que plus désirable.

Or, Khalid avait appris à se méfier des émotions trop vives, toujours suivies de déceptions et de souffrances.

— Bonjour, lança-t-elle en le voyant approcher.

— Bonjour.

— Je me souviens avoir encouragé un couple de retraités à faire une croisière sur le Nil, cette année... Mais je ne me doutais pas que le fleuve était aussi emprunté : il y a des embouteillages, ce matin !

Khalid sourit, vint s'asseoir près d'elle et posa sa tasse de café près de son transat.

— C'est vrai, admit-il en regardant les trois bateaux qui les croisaient, à quelques mètres de distance. Mais le trafic d'aujourd'hui est pourtant moins dense qu'il ne l'était il y a encore deux siècles, quand le Nil était la seule voie de transport de marchandises de toute cette région. D'ailleurs, on a estimé qu'au Moyen Age, trente-six mille embarcations sillonnaient le fleuve.

— Trente-six mille ? répéta-t-elle, impressionnée, avant de se retourner vers un minuscule bateau de pêche caché entre deux navires.

Un sourire se dessina sur ses lèvres.

— C'est encore plus beau que je ne l'avais imaginé... Et ici, les rives sont si vertes ! Je n'aurais jamais pensé que les terres voisines du fleuve étaient si fertiles. La vallée est sublime.

— Oui, acquiesça-t-il en souriant. Nous traversons des terres agricoles, et tu pourras encore mieux les observer quand nous parviendrons à Kom Ombo et que...

— Kom Ombo ! le coupa-t-elle avec vivacité, en lui adressant un regard brillant d'excitation. C'est bien là que se trouve le monument avec le crocodile qui... Oh, quel était son nom, déjà ?

Fermant les yeux, elle renversa la tête en arrière avant de s'écrier, le visage réjoui :

— Sobek !

Khalid aurait préféré demeurer insensible à tant d'enthousiasme. Mais le naturel et la joie de la jeune femme étaient communicatifs, et il y avait en elle un appétit de vivre qui le bouleversait.

— Décidément, tes connaissances sont impressionnantes, murmura-t-il en s'efforçant de ne rien laisser deviner de son trouble. Où as-tu conçu cette curiosité pour l'Egypte ?

— Ça, il faut le demander à mon frère ! répondit-elle en riant. C'est Jake qui s'est d'abord passionné pour l'archéologie. A dix ans, je crois qu'il voulait devenir Indiana Jones. Mais il m'a rapidement contaminée, et après le lycée, c'est moi qui ai eu envie de suivre des études d'archéologie. Malheureusement, les frais d'université étaient exorbitants. Alors, au lieu d'examiner des vases incas et d'apprendre des langues anciennes, j'ai trouvé ce travail dans une agence de voyages, où je réserve pour d'autres des séjours au Bahamas et à Mexico.

— Pourquoi ne retournes-tu pas sur les bancs de la fac étudier ce qui te plaît ? Désormais, tu as largement le temps d'exaucer ton rêve.

— Tu ne crois pas que je suis un peu trop âgée pour reprendre mon cartable ?

Il sourit.

— Pour ta gouverne, sache que tu es plus jeune que je ne l'étais quand je me suis inscrit en première année d'université.

— Ah ? Qu'as-tu étudié ? demanda-t-elle en lui retournant un regard plein de curiosité.

Il hésita un court instant et haussa les épaules.

— Oh, des sciences ennuyeuses... Des histoires d'ossements et de digues, ce genre de choses...

Bouche bée, elle se redressa sur son transat et le dévisagea longuement avant de s'exclamer :

— L'archéologie !

— Mmm…

— Alors finalement, c'est toi, Indiana Jones !

— Pas vraiment, répondit-il en détournant les yeux de son visage lumineux.

Il ne voulait plus voir la flamme qui brillait dans son regard, ni sentir cette incroyable force vitale qui émanait d'elle. Jamais il n'avait rencontré une femme capable de lui transmettre cette énergie, et il soupçonnait qu'elle débordait de passion dans tous les domaines…

Mais lui était un homme du désert. Un homme ayant choisi la solitude et une vie de nomade. Un passionné d'archéologie qui ne savait comment réagir face à une étrangère qui partageait son amour des civilisations disparues et avec laquelle, étrangement, il se devinait bien d'autres points communs.

Cette soudaine intimité le déstabilisait.

Dans le même temps, il avait envie de la connaître davantage, de se rapprocher d'elle et de ne surtout pas la laisser partir.

— Eh bien tu vois, je n'aurais jamais pensé rencontrer un jour quelqu'un qui souffre de la même maladie que moi ! reprit-elle en riant. Quand j'étais petite, je racontais sans cesse les histoires que je lisais, les mythes et les légendes égyptiennes, mais aussi les récits grecs, l'Atlantide, Ulysse, les amours de Didon et Enée… Ma mère affirmait que mon imagination me jouerait des tours.

Elle s'interrompit un court instant avant d'ajouter :

— C'est curieux, comme les mères ont toujours raison… A ce sujet, pourrai-je utiliser ton téléphone, ce soir ? En ce moment, aux Etats-Unis, la nuit commence tout juste, mais je suis impatiente de lui parler.

Une lueur d'inquiétude était apparue dans les grands yeux de la jeune femme, et Khalid sentit son propre cœur se serrer en devinant sa tristesse.

Pourtant, il savait qu'elle lui cachait certaines choses au

sujet de son arrestation à Jabal… Et il aurait voulu qu'elle lui fasse suffisamment confiance pour partager ses secrets avec lui.

— Je n'ai pas vraiment eu l'occasion d'avoir une vraie conversation avec Jake, reprit-elle. Et j'ai besoin de savoir comment va ma mère.

— Bien sûr, répondit-il, songeant qu'il aurait ainsi lui-même l'occasion de poursuivre ses recherches.

Il n'avait pas eu l'intention de s'approcher d'elle, mais il ne put résister. Il se pencha vers elle pour presser doucement ses lèvres contre les siennes.

Oui, il avait besoin de sentir le goût délicieux de sa bouche pulpeuse et fraîche… Et comme la veille, elle esquissa d'abord un mouvement de recul avant de le laisser approfondir son baiser et de répondre à son élan.

En une fraction de seconde, il sentit son corps se durcir et le désir l'embraser. La manière dont elle s'offrait à lui le rendait fou… Il glissa une main dans sa chevelure soyeuse, tout en passant un bras autour de sa taille. Elle était si frêle, si menue, contre lui… Il avait envie de sentir tout son corps collé au sien, et une sorte de fièvre intense montait en lui tandis que leurs langues s'enroulaient avec une ardeur redoublée.

La puissance de son excitation le surprenait lui-même. C'était comme si cette femme réduisait à néant toutes ses défenses. Lui qui était passé maître dans l'art du contrôle de soi ! Mais son parfum, le goût fruité de ses lèvres et la chaleur de son corps le ramenaient à l'état primitif…

Il la désirait de toutes ses forces… Un volcan s'allumait en lui…

Soudain, une peur panique se rua dans ses veines tandis qu'une alarme se déclenchait au fond de sa conscience. D'un geste presque brutal, il s'arracha à leur étreinte et murmura d'un ton rauque :

— Nous allons bientôt faire escale. N'oublie pas d'enfiler des chaussures confortables.

Durant toute leur visite de Kom Ombo, Liv ne put se débarrasser du léger malaise qui la poursuivait.

Les temples jumeaux étaient somptueux, et le guide leur faisait un récit détaillé de son édification, décrivant le projet architectural et narrant les légendes d'Horus et de Sobek, le dieu crocodile.

Mais Khalid gardait le silence. A la seconde où ils avaient débarqué, il avait mis une distance entre eux. Une distance qu'elle ne s'expliquait pas. Sans compter qu'il fuyait son regard, se gardant de se tenir trop près d'elle…

Que se passait-il, au juste ? Peut-être s'était-elle laissé griser par ses émotions ? Les baisers qu'ils avaient échangés lui avaient brouillé l'esprit… Et elle avait oublié qu'il était cheikh, tandis qu'elle ne resterait jamais qu'une modeste étrangère venue de nulle part, à ses yeux.

Elle hésita un court moment, mais quand le guide s'éloigna de quelques pas, elle se posta près de Khalid et finit par lever timidement les yeux vers lui :

— Tu es en colère après moi ?

Il se retourna brusquement vers elle, étonné.

— Non, pas du tout.

Un frisson courut sur sa nuque, et elle s'efforça d'ignorer l'angoisse qui l'envahissait. S'il n'était pas en colère, pourquoi l'ignorait-il depuis des heures ? A chaque minute, il se renfermait davantage, et elle avait l'impression de se retrouver face à une forteresse imprenable.

Rassemblant tout son courage, elle reprit d'une voix douce :

— C'est toi qui m'as embrassée. Tu ne peux pas m'en

vouloir pour ça… Pourtant, tu te comportes comme si j'avais la peste.

Il poussa un profond soupir et resta silencieux un instant avant de répondre :

— Il est de mon devoir de m'assurer que tu restes vierge avant le mariage, *habiba*. Mais il se trouve que j'ai beaucoup de mal à te résister.

Dans l'obscurité du temple, son regard semblait plus intense que jamais. Liv y voyait briller une lueur de désir, et une boule de chaleur se forma soudain au creux de son ventre.

— Oh… je suis désolée, murmura-t-elle en rougissant, déstabilisée par cet aveu.

— Oui, j'imagine, répliqua-t-il, un sourire moqueur aux lèvres.

Elle déglutit avec peine et se tut durant tout le reste de la visite.

Son cœur battait très vite, et elle eut toutes les peines du monde à se concentrer sur les paroles du guide.

Khalid avait envie d'elle… Elle ne parvenait plus à dominer le cours de ses pensées. Des images tentatrices se formaient dans son esprit, en contradiction totale avec son projet de quitter le Moyen-Orient au plus vite pour rejoindre sa famille. Des images ridicules.

— … en tant qu'animal sacré, le crocodile bénéficiait de cérémonies funéraires fastueuses, expliqua le guide en les menant dans un lieu saint à la sortie du temple. Vous voyez ces sarcophages ? Ils étaient destinés aux crocodiles, qui disposaient de leur propre cimetière.

— Incroyable…, murmura-t-elle. Des crocodiles momifiés. C'est à la fois magique et terrifiant… Je pourrais en rêver durant des nuits.

Khalid lui adressa un regard étrange et s'approcha soudain.

— Liv, tu fais des cauchemars… Tu as encore crié dans ton sommeil, la nuit dernière. Un cri désespéré.

— Oh ! Je suis désolée.

— Non, ne le sois pas. Mais j'aimerais savoir ce qui te perturbe tant.

En rencontrant son regard perçant, Liv frissonna. Son visage était captivant ; comme un paysage figé, faits de vallons et de montagnes aux lignes parfaites, dont le promeneur devait percer les secrets. Et quand ce visage s'éclairait d'un sourire, elle se sentait vaciller au plus profond d'elle-même. Elle avait envie d'apprendre à découvrir Khalid, de cerner son étonnante personnalité… Mais le mariage ! Cette perspective la paralysait de frayeur.

— Je ne me rappelle pas mes rêves, répondit-elle d'une voix faible.

— Et quand tu te réveilles, comment te sens-tu ?

Elle haussa les épaules.

— Inquiète.

Il fronça les sourcils.

— A quel sujet ?

Incapable de répondre, elle détourna les yeux.

— Dis-le-moi, insista-t-il. Sinon, comment pourrais-je t'aider ?

Liv le dévisagea et sentit son cœur se contracter. Khalid avait besoin de sourire plus souvent… Sa vie semblait une suite de responsabilités sans fin, et elle ne souhaitait pas lui en imposer de nouvelles.

— Je vais bien, assura-t-elle. Tu n'as pas à te faire de souci. Tu as déjà beaucoup fait pour moi… Maintenant, allons manger une glace et profiter de ce soleil spectaculaire.

En fin de journée, dès leur retour à la *dahabieh*, Khalid tendit son portable à Liv, qui se hâta d'appeler chez elle.

Malheureusement, Jake était encore au chevet de leur mère et ne disposait donc pas d'une totale liberté de parole en sa présence.

Il la rassura cependant sur l'état de santé de la vieille dame et lui apprit qu'il avait repris son travail à plein temps depuis qu'une aide-soignante demeurait auprès d'elle durant la journée.

— C'est formidable ! parvint à s'écrier Liv, malgré l'affolement qui la gagnait.

Car cette crise cardiaque avait dû être très grave, pour que sa mère ait besoin d'une personne auprès d'elle en permanence.

Et tandis que la conversation se poursuivait, mille questions lui brûlaient les lèvres. Leur mère avait-elle souffert d'un arrêt du cœur prolongé ? Devrait-elle suivre un traitement à vie ? Que se passerait-il, si elle apprenait que la libération de sa fille avait été conditionnée à une promesse de mariage avec un prince arabe ? Et Jake, que pensait-il de ce projet délirant ? Comment pouvait-il se taire, puisque Khalid l'en avait informé ? Avait-il cru à une mauvaise blague ou à un simple tour de passe-passe vis-à-vis des autorités de Jabal, une ruse provisoire que tout le monde oublierait au bout de quelques jours ?

Il lui était toutefois impossible d'obtenir des informations fiables dans ces circonstances, et Liv dut conclure la conversation sur un ton faussement enjoué :

— Très bien. Je suis contente que les choses s'arrangent. Prenez bien soin de vous, tous les deux, et à très bientôt.

En rangeant le téléphone, elle se sentit gagnée par l'abattement. De sa vie, jamais elle n'avait eu le sentiment d'être aussi inutile. Inutile pour Jake, pour sa mère… tandis qu'elle représentait un véritable fardeau pour Khalid. Elle ne comprendrait sans doute jamais ce qui l'avait poussé à venir à son secours. Et jamais elle ne se pardonnerait de l'avoir plongé dans cette situation. A cause d'elle, le souverain de Sarq faisait face à un épineux problème diplomatique. Et Khalid aimait profondément son frère Sharif, elle le sentait.

Seigneur, c'était tout son équilibre personnel et familial que Khalid mettait en péril pour la sauver de ce cauchemar ! Or, elle ne voulait pas de ce poids sur ses épaules.

Sa tête devenait lourde, et elle s'allongea sur son lit pour se reposer. Au-dehors, la chaleur était implacable.

Mais dans sa suite, l'air conditionné et les ventilateurs offraient une atmosphère propice à la sieste…

De légers coups frappés à sa porte la tirèrent de son sommeil.

— Oui ? s'enquit Liv d'une voix endormie.

— Son Altesse vous attend sur le pont pour dîner, mademoiselle, répondit un garçon d'équipage.

— Merci, euh… J'arrive, répondit-elle en sautant à bas de son lit, affolée.

Seigneur, la pendule affichait 20 heures ! Comment avait-elle pu dormir si longtemps ?

En toute hâte, elle passa dans la salle de bains pour se rafraîchir et sauter dans des vêtements propres avant de courir sur le pont où elle manqua heurter Khalid de plein fouet.

— Oh ! s'écria-t-elle, surprise.

— Qu'est-ce qui ne va pas ? Que se passe-t-il ? répliqua-t-il en la dévisageant avec inquiétude.

Confuse, elle leva un timide regard vers lui et murmura :

— Je suis en retard pour le dîner, je te présente toutes mes excuses…

Visiblement très étonné, il plongea son regard perplexe dans le sien.

— Et c'est pour ça que tu cours comme une folle ? Parce

que tu étais en retard pour le dîner ? *Habiba*... Tu me prends donc pour un roi ! répondit-il en riant.

Dans ses yeux noirs s'était allumée une lueur joyeuse, et Liv se sentit soudain gagnée par sa belle humeur.

— Tu ne joues pas le jeu ! protesta-t-elle d'un ton faussement réprobateur.

— De quel jeu parles-tu ? reprit-il, toujours souriant.

— Celui du cheikh du désert aux mœurs barbares qui tient à ce qu'une femme lui obéisse et soit constamment à ses pieds !

Renversant la tête en arrière, Khalid éclata de rire.

— Ce jeu n'est plus pratiqué depuis des siècles ! Les *cheikhs du désert* ne s'attendent plus à ce que les femmes leur obéissent au doigt et à l'œil, de nos jours ! Pour cela, ils sont beaucoup trop occupés à rechercher le plaisir et à vouloir en donner...

Il lui adressa un clin d'œil avant d'ajouter :

— Le dîner sera servi quand madame l'indiquera au chef, et pas avant. Viens...

Stupéfaite, Liv découvrit un petit orchestre de musiciens installé sur le pont supérieur, près de leur table.

Durant tout le repas, elle écouta avec ravissement les airs de musique locale, tout en dégustant un délicieux tagine d'agneau aux légumes marinés.

Quand le spectacle fut terminé et que les musiciens prirent congé, elle applaudit avec enthousiasme et se retourna vers Khalid, émerveillée :

— Cette croisière est un enchantement, et elle devient chaque jour plus fabuleuse ! Jamais je ne l'oublierai.

Il planta son regard brillant dans le sien et murmura :

— Nous en ferons bien d'autres, à l'avenir.

A ces mots, elle se mordit la lèvre et ne sut que répondre. Khalid pensait-il vraiment qu'ils allaient se marier et finir leur vie ensemble ?

Elle baissa les yeux sur son élégante bague de fiançailles et contempla le diamant jaune. Elle était en train de vivre le plus étrange des rêves et se sentait dans la peau d'*Alice au pays des Merveilles*. En tombant dans le terrier du lapin, elle vivait une suite d'aventures aussi extravagantes qu'inattendues… Mais tout cela n'était pas la vraie vie. La vraie vie était à Pierceville, en Alabama, où l'attendaient son frère et sa mère malade. Sa vraie vie était celle d'une employée dans une petite agence de voyages, et non d'une princesse des *Mille et Une Nuits*. Bientôt, elle allait se réveiller, et Khalid ne serait plus là. L'Egypte et ce Nil aux couleurs exotiques ne seraient plus qu'un souvenir.

— A quoi penses-tu ? s'enquit-il en se penchant au-dessus de la table.

— A rien.

— Ce n'est pas vrai. Tu sembles triste, tout à coup.

Liv releva les yeux vers lui et soupira.

— Je ne sais plus ce qui est réel et ce qui ne l'est pas, avoua-t-elle. Je suis un peu perdue.

Lentement, Khalid se leva, fit le tour de la table et vint près d'elle. Puis, il se pencha et posa délicatement ses lèvres sur son front, avant de redescendre lentement le long de ses tempes, caressant sa peau de sa bouche pleine et sensuelle, et faisant naître en elle une myriade de frissons.

Immobile, elle se laissait faire, incapable de résister.

C'était exquis. Délicieux. Et tandis que les lèvres de Khalid s'approchaient peu à peu des siennes, elle avait envie de sentir son corps se coller contre le sien, de savourer le contact de ses larges mains sur sa taille, ses épaules, ses seins…

Comme s'il avait deviné ses pensées, il fit glisser ses doigts brûlants sur son dos, et elle ferma les yeux, s'abandonnant à cette caresse nouvelle. Ses gestes étaient langoureux, sensuels, et cette délicieuse torture éveillait en elle un feu plus puissant encore que celui de la veille.

D'où venait ce désir qui l'embrasait ? Comment un homme qu'elle connaissait à peine et qui l'entraînait dans une aventure improbable à l'issue angoissante pouvait-il faire ainsi vibrer chaque parcelle de son corps, alors qu'elle n'avait jamais fait l'expérience du désir auparavant ?

Elle aimait le contact de ses doigts sur elle. Elle en voulait plus, beaucoup plus… Et quand il effleura la pointe de ses seins, faisant crisser le coton de son chemisier, elle crut défaillir et laissa échapper un faible gémissement.

Aussitôt, il se recula et lança :

— Nous ne pouvons pas faire ça ici. Je ne sais pas où j'avais la tête.

— Alors, allons dans ma chambre, murmura-t-elle d'un ton suppliant, encore grisée par ses caresses.

— Non.

Comme elle se retournait vers lui, elle découvrit son expression déterminée et frémit.

— Je vais te raccompagner, conclut-il. Mais seulement pour t'enfermer à double tour.

8.

Durant toute la nuit, Liv se retourna en tous sens dans son lit, sans parvenir à trouver le sommeil. Son corps était brûlant, et elle se sentait vide. Désespérée.

Jamais elle n'avait ressenti un tel désir pour un homme. Et jamais elle ne s'était trouvée dans ce genre d'impasse.

Khalid refusait de lui faire l'amour avant qu'ils ne soient mariés, et de son côté, elle était déterminée à ne pas l'épouser. Et alors qu'il semblait décidé à honorer la parole donnée aux autorités de Jabal, elle ne savait comment échapper à cette union absurde.

Les heures passèrent, sans qu'elle ne puisse faire taire ses angoisses et ses envies contradictoires.

Enfin, au petit matin, elle se leva et alla prendre une douche froide pour calmer ses sens embrasés. Elle parvint ainsi à ne plus penser à Khalid durant quelques minutes…

Mais tandis qu'elle choisissait un pantalon bleu pâle et un top en organdi dans son armoire, le visage souriant de Khalid lui apparut. Cette histoire de cheikh dictatorial l'avait visiblement beaucoup amusé… Elle aimait entendre son rire franc et mélodieux, qui la faisait vibrer de la tête aux pieds.

Pourquoi ? Pourquoi le simple fait de le sentir heureux un court instant la transportait-elle de joie ? Ne commençait-elle pas à s'attacher à lui ?

C'était l'évidence. Ce n'était pas seulement le désir qui

grandissait chaque jour en elle… Etait-il possible qu'elle soit tombée sous le charme du riche prince du désert ? Ou n'éprouvait-elle que de la reconnaissance parce qu'il l'avait sortie de sa prison ?

Quoi qu'il en soit, les sentiments qu'elle avait pour lui devaient l'inciter à reprendre la situation en main. Il n'y aurait plus de baisers, plus de caresses ni de rêves d'étreintes passionnées… Elle allait partir. Quand et où : elle ne le savait pas encore. Mais Khalid ne méritait pas d'avoir des ennuis à cause d'elle. L'incident qui l'avait conduite à Ozr ne devait pas gâcher la vie d'un homme généreux, dont le seul souhait était de retrouver le désert et la solitude.

Oui, elle trouverait un moyen de recouvrer sa propre liberté et de lui rendre la sienne.

En parvenant sur le pont, Liv trouva Khalid posté à l'avant du bateau, près du capitaine. Ce dernier, un Egyptien grand et élancé au visage tanné par le soleil et les vents, lui expliqua qu'ils allaient jeter l'ancre à Edfu, où ils passeraient la journée.

Liv posa sa main en visière sur son front et contempla le rivage, les sourcils froncés : une foule noire s'était massée sur le port. Elle se retourna vers Khalid.

— Ils attendent un bateau ?

— Non, répondit-il en regardant dans la même direction qu'elle. Ils sont venus pour toi.

— Pour *moi* ? répéta-t-elle, stupéfaite.

Il acquiesça.

— Tu es maintenant la nouvelle princesse de Sarq, et ces gens sont curieux de découvrir ma fiancée.

Mal à l'aise, elle se raidit et protesta :

— Je n'ai rien d'une princesse !

— Ça, tu n'en sais rien.

— Si, je le sais : je viens d'une petite ville d'Alabama comptant treize mille habitants, et avant que tu ne me sortes d'Ozr, l'homme le plus important que j'avais rencontré était le maire de Pierceville, dont l'insigne privilège est de posséder sa propre chaîne d'informations et de météo locale.

Khalid s'esclaffa.

— J'espère que tu as conscience d'avoir largement éclipsé ton maire ! Désormais, tu es une star, une authentique célébrité.

Liv lança un coup d'œil effaré en direction de la foule.

— Je vais les décevoir…

— Pourquoi ?

— Enfin, Khalid, regarde-moi !

Il obtempéra, la couvant d'un long regard appréciateur.

— Tu es d'une beauté renversante.

Liv secoua la tête, renonçant à le convaincre. Elle ne se sentait pas belle. En fait, elle avait plutôt l'impression de profiter d'une imposture.

— Ma mère nous a élevés en nous inculquant de bonnes manières et du savoir-vivre, murmura-t-elle. Mais le sens de la royauté…

Elle rit tristement. Jake et elle étaient des personnes pragmatiques. Ils connaissaient la valeur du travail et de l'effort. Ils avaient été éduqués dans l'idée de mener une vie simple et aussi heureuse que possible.

— Je sais qui je suis, Khalid. Je n'ai pas honte de mener l'existence simple qui est la mienne, et je serais en revanche mortifiée si je devais agir comme si j'étais quelqu'un d'autre.

— Alors n'agis pas en princesse, suggéra-t-il gentiment. Reste toi-même, et tout se passera le mieux du monde. En ce qui me concerne, ça me convient parfaitement.

Peu convaincue par ce conseil, Liv ne vit pourtant d'autre solution que de s'y ranger et elle s'efforça de conserver son calme quand ils débarquèrent sur le port.

La foule les suivit à bonne distance, tandis qu'ils allaient visiter l'un des temples d'Horus les mieux conservés d'Egypte.

De manière inattendue, Liv dut reconnaître que la cohorte des curieux n'était guère pesante. Les gens souriaient, et leur attitude n'était que bienveillance. Très respectueux de leur intimité, ils ne cherchaient pas à entrer en contact avec eux et se contentaient de leur adresser de chaleureux saluts.

Après le temple, ils s'enfoncèrent dans le marché local, toujours suivis à bonne distance par la foule contenue par les membres de l'équipe de sécurité.

Emerveillée par la diversité des marchandises, Liv s'arrêta devant un étal de foulards aux couleurs chamarrées. A peine avait-elle posé une main sur l'une des pièces que le marchand afficha une mine réjouie et s'inclina devant Khalid.

— S'il vous plaît, Votre Altesse, laissez-moi offrir un foulard à votre ravissante fiancée…

Khalid sourit, comme s'il connaissait d'avance le jeu du marchand.

— Et à combien sont les autres, pour que tu nous en offres un ?

— A la moitié de leur prix, Votre Altesse !

— C'est encore beaucoup trop cher, souffla Khalid à l'oreille de Liv.

— Mais… cinquante pour cent est une bonne réduction, protesta-t-elle. Il fait un bel effort !

— Non, c'est son métier, expliqua Khalid, amusé.

— Tout de même ! Il nous en *offre* un en cadeau !

— Pas tout à fait : son cadeau est soumis à condition. Nous devrions en acheter d'autres.

Il l'entraîna plus loin, mais elle se retourna vingt fois vers l'étal aux foulards…

Et soudain, comme elle lui lançait un regard désespéré, Khalid lui prit le bras pour retourner vers le marchand. Là, il l'invita à choisir quatre pièces de soie.

Après quoi, il mit l'argent dans les mains de l'homme et s'éloigna, souriant à sa compagne.

— C'est tout de même une très bonne affaire, non ? s'enquit Liv, enchantée, en passant le foulard de soie bleue offert sur son cou.

— Oh, ça non ! Ici, il faut prendre le temps de discuter longuement les prix, pour parvenir à la valeur réelle de ces étoffes.

— Mais nous avons fait plaisir à ce marchand, observa-t-elle en jetant un dernier regard à l'homme qui les saluait encore.

— Ta générosité t'honore. Mais tu es beaucoup trop sensible à leur jeu…

Liv se sentit touchée par le geste de Khalid : sans doute avait-il raison. Elle savait que le marchandage était une pratique locale, et que ne pas aller au bout du jeu était presque une faute. En lui achetant ces foulards au prix demandé par le marchand, Khalid lui avait une nouvelle fois démontré qu'il lui importait de lui faire plaisir.

Ils venaient tout juste de s'installer sur le pont supérieur de la *dahabieh* pour déguster un citron pressé quand un membre de l'équipage s'approcha de Khalid :

— Votre Altesse, un coup de téléphone urgent, pour vous… C'est Son Excellence le cheikh Fehr de Sarq.

— Tu m'excuses ? lança Khalid en se levant pour suivre l'homme.

— Bien sûr. Je suis parfaitement à mon aise, ici.

Et c'était le cas, songea-t-elle avec bonheur en s'enfonçant dans les profonds coussins de sa chaise longue et en regardant le Nil défiler sous ses yeux. Il n'était pas très difficile de s'accoutumer à cette vie de luxe, de farniente et de volupté !

Au bout de quelques minutes, comme une brise se levait, elle alla chercher son châle dans sa cabine.

Liv traversa les salons qui menaient à sa suite. Elle allait entrer dans celle-ci quand la voix de Khalid lui parvint depuis l'extérieur.

Intriguée, elle sortit sur le ponton, mais ne l'y trouva pas. Il lui fallut quelques minutes pour comprendre qu'il se trouvait exactement au-dessous d'elle, sur le pont inférieur, hors de sa vue. Comme quelques bribes de conversation lui parvenaient et que Khalid élevait la voix, elle ne put faire autrement que d'entendre ce qu'il disait. Quand elle comprit de quoi il s'agissait, elle demeura interdite.

— Nous sommes partis depuis seulement quelques jours, protestait-il. Le gouvernement renforce la pression, et je reçois chaque jour des mails et des appels pressants.

Liv frémit. Jamais Khalid n'avait fait mention de cette pression quotidienne.

— Je n'ai pas oublié ma promesse, Sharif. Mais mets-toi dans la tête une fois pour toutes qu'Olivia Morse n'est pas une criminelle ! Je n'épouserais jamais une criminelle ! Et tu connais ma position à l'égard du mariage…

Il se tut quelques secondes avant de reprendre :

— Non, c'est vrai. Je ne voulais pas me marier, et je ne voulais pas d'une épouse. Mais il est trop tard. J'ai pris un engagement que j'ai la ferme intention d'honorer.

Liv sentit un courant d'air glacial s'infiltrer en elle. Khalid et son frère, le roi de Sarq, se disputaient à son sujet… Le souverain désapprouvait leur union et cherchait à convaincre Khalid de faire machine arrière… Pire, ce dernier venait d'avouer qu'il n'avait aucune envie de l'épouser et qu'il ne le ferait que par devoir !

Elle l'avait toujours su. Mais l'entendre était douloureux. Humiliant. Insupportable.

Elle retourna vers le pont supérieur telle une somnambule,

et se laissa tomber sur sa chaise pour offrir son visage au soleil.

Mais la magie avait disparu.

Quand Khalid la rejoignit quelques minutes plus tard, elle le dévisagea longuement, cherchant vainement à percer le secret de son expression fermée. A comprendre qui était cet homme qui mettait tout en péril pour elle, contre son intérêt et ses désirs les plus profonds.

Tout aussi silencieux qu'elle, Khalid fixait la ligne d'horizon. Enfin, il posa son verre de citronnade et se tourna vers elle :

— Dis-moi ce qui s'est réellement passé, à la frontière, demanda-t-il.

Elle sentit ses épaules s'affaisser. Il pensait qu'elle mentait… Et rien ne lui était plus pénible que l'idée que Khalid lui retire sa confiance.

— Je te l'ai déjà raconté une bonne douzaine de fois, soupira-t-elle.

— Eh bien raconte encore. Il se pourrait qu'un détail t'ait échappé, et plusieurs de mes hommes travaillent en permanence sur ton affaire. Mon frère Sharif a également fait appel aux meilleurs enquêteurs de Sarq pour retrouver cette Elsie, mais jusqu'à présent, ils n'ont rien. Pas d'indice. Pas de piste. Rien de rien.

Sa rage était perceptible. Sa voix tremblait, et Liv sentait qu'il n'était pas habitué à buter sur ce genre d'échec. La culpabilité lui serra la gorge, et elle baissa la tête.

— Je suis désolée, Khalid. Je regrette sincèrement que tu aies été entraîné dans cette histoire. Tu as cru pouvoir me sauver, et au final, c'est toi qui te retrouves piégé.

— A t'entendre, je serais une sorte de victime, protesta-t-il. Mais ce n'est pas le cas. Je ne suis pas piégé. Je suis un homme responsable. J'ai fait le choix de te sauver de Jabal, et j'ai également pris la décision de continuer à t'offrir mon aide.

— Mais tu n'as aucune envie de te marier.

Il soupira, et ce soupir était comme un aveu, songea Liv, le cœur étreint par la tristesse.

— Ce n'était pas dans mes intentions, je ne peux pas dire le contraire. Mais ce sont des choses qui arrivent. C'est la vie.

En l'observant plus minutieusement, Liv comprit que Khalid était fatigué. Bien davantage qu'elle ne l'avait pensé…

— Pourquoi avais-tu décidé de ne jamais te marier ?

— Qui a dit ça ? rétorqua-t-il en la fixant.

Elle rougit et porta une main à ses lèvres en réalisant qu'elle venait presque de révéler avoir surpris sa conversation. Mais elle se reprit vite et haussa négligemment les épaules.

— Tu as été très clair sur le fait que tu aimes ta solitude dans le désert, répondit-elle.

— C'est vrai, admit-il, un éclat de fierté dans le regard. Je préfère éviter les imbroglios affectifs qui découlent toujours de la vie en société.

Liv fronça les sourcils.

— Les *imbroglios affectifs* ? C'est ainsi que tu envisages les relations entre êtres humains ?

— Oui. C'est toujours compliqué.

— Tu n'aimes pas les gens ?

— J'aime le désert. Il est paisible.

— Et les gens ne sont pas paisibles ?

Khalid lui adressa soudain un regard agacé :

— Je trouve que tu poses beaucoup de questions, pour quelqu'un qui peut donner si peu de réponses. J'aimerais mieux que tu te concentres sur ta propre situation, sur la fameuse Elsie et sur sa mystérieuse disparition.

Liv se mordit la lèvre.

— Elle a donc bien disparu ?

— Oui. Et je ne comprends rien à cette histoire. Personne n'a jamais vu la femme que tu décris. Ni les autorités frontalières, ni les préposés aux visas, ni le personnel de l'ambassade. Or, si cette femme se trouvait en Egypte ou au Moyen-Orient, nous l'aurions déjà localisée. Tu es certaine qu'elle avait l'intention de se rendre en Egypte ?

— C'est ce qu'elle m'a dit.

— Mais quand votre bus a été arrêté, qu'a-t-elle fait ? Est-elle descendue ? Est-elle restée à Jabal ? Que s'est-il passé ? Comment s'est-elle évaporée ?

— Je n'en sais rien, répéta-t-elle, désespérée. J'ai été mise dans un fourgon, et je n'ai jamais revu les autres.

Khalid passa une main sur sa nuque en soupirant.

— Il faut à tout prix la retrouver. Le temps ne joue pas en notre faveur, et ton avenir, comme le mien, dépend entièrement d'elle et de son témoignage.

— Mais si nous ne la retrouvons pas ? demanda-t-elle, en sentant son cœur battre au rythme sourd de son angoisse.

Il observa un court silence.

— A ton avis, a-t-elle pu user d'une fausse identité ? Aurait-elle deux passeports ?

— Comment le saurais-je ?

Il secoua la tête.

— Nos détectives envisagent également cette hypothèse. Pour le moment, il n'y a rien à faire, sinon attendre.

Dans son lit, Khalid songeait à la triste soirée qui venait de s'écouler. Le dîner s'était écoulé dans un quasi-silence, et l'étincelle de magie des nuits précédentes n'avait pas fait une seule apparition. Tous deux pensifs et anxieux, Liv et lui s'étaient enfermés dans leurs pensées respectives.

Les questions de la jeune femme lui revenaient maintenant en tête et le tourmentaient. Quelle image avait-il donné en prétendant préférer le désert à la compagnie des hommes ? Il n'était pourtant pas un misanthrope.

Il aimait ses semblables, et il demeurait curieux des autres, toujours…

La seule raison qui l'avait conduit à s'exiler, c'était la douleur causée par le brusque décès de ses deux sœurs. Perdre pour toujours l'intense complicité qui les unissait lui avait brisé le cœur. En mourant, elles avaient emporté avec elles toute la joie et la tendresse que contenait son cœur. Leur absence restait insupportable, et plus que tout, leur enthousiasme et leur appétit de vivre lui manquaient.

Il pourrait encore s'écouler dix ans, et même cent ans, sans qu'il soit en mesure de s'en remettre.

C'était la leçon de cette tragédie : l'amour et l'attachement faisaient mal — beaucoup trop mal.

Soudain, un cri déchira la nuit, et il se redressa vivement : Liv. Liv faisait encore un cauchemar…

Aussitôt, il se leva pour courir jusqu'à sa suite. Mais cette fois, il alluma la lumière et préféra la réveiller. Il fallait en finir avec ces terreurs nocturnes.

— Qu'est-ce qui se passe ? demanda-t-il en s'asseyant sur le rebord du lit. Raconte-moi ton rêve.

Très pâle et les cheveux en bataille, la jeune femme cligna plusieurs fois des paupières avant de s'adosser aux oreillers.

— J'entends ton cœur qui bat à se rompre, enchaîna-t-il. Et tu as l'air terrifiée. Parle-moi.

Comme elle détournait le regard, il s'approcha encore et prit sa main.

— Liv, je t'en prie, laisse-moi t'aider.

Des larmes voilèrent ses yeux bleus, et elle murmura :

— Tu ne peux pas.

Il soupira.

— Je sais que tu as traversé un véritable enfer, ces dernières semaines. Mais sache que le pire est derrière toi, et je te promets que nous retrouverons Elsie. Crois-moi, nous mettrons la main sur elle, et tu pourras alors tirer définitivement un trait sur cette histoire.

Mais c'était bien là le problème, pensa Liv. Elle ne voulait pas imaginer Elsie dans la cellule qui avait été la sienne. Ozr était une cave noire, sans lumière, un souterrain humide et froid où les prisonniers les plus chanceux, comme elle, avaient simplement droit à quelques pénibles interrogatoires nocturnes… mais où les plus infortunés étaient torturés et assassinés.

Même si Elsie avait commis un délit, elle ne méritait pas de finir là-bas. C'était une jeune femme charmante, qui l'avait prise sous son aile dès leur rencontre, s'assurant toujours que Liv aurait une bonne chambre à l'hôtel, l'attendant aux repas, lui réservant une place près d'elle, lui traduisant tous les commentaires des guides.

Dans ses cauchemars, elle se voyait à Ozr… Et puis, elle voyait Elsie, seule, passant plusieurs décennies loin des siens, purgeant une peine pour une faute qu'elle n'avait peut-être pas commise.

— Bon, parlons du mariage, dans ce cas, suggéra Khalid devant son expression butée.

Lui jetant un regard incrédule, Liv haussa les épaules.

Parler du mariage… Elle voulait un mariage d'amour, pas une union contractée à contrecœur. Surtout par Khalid…

— Ce ne sera pas aussi épouvantable que tu sembles l'imaginer, affirma-t-il, comme s'il avait deviné ses pensées. Je te promets de toujours te traiter avec gentillesse et respect et de veiller à ce que chacun, dans notre maison, en fasse de même. J'assurerai ta protection, quoi qu'il arrive. Toujours.

Elle frémit, comme il posait une main sur la sienne, scellant ainsi son serment.

— Mais… et ma famille ?

— J'espère de tout cœur que ton frère et ta mère assisteront à la cérémonie.

— Et après ?

— Après, tu viendras vivre avec moi.

— Dans le désert ?

— Oui.

— Mais… j'aurais le droit de partir, parfois ? De rentrer chez moi ?

Comment pourrait-elle dire définitivement adieu à son pays, et à cette petite ville qui l'avait vue naître ? Elle n'avait jamais visité Sarq ! Et si cette vie ne lui convenait pas ? Et si toutes les belles promesses de Khalid ne parvenaient pas à lui rendre la vie supportable ?

C'était le saut dans l'inconnu. Difficile d'embrasser une vie si différente de celle qu'elle avait toujours menée, loin des siens et de ses repères… Même son travail lui serait enlevé.

Elle attendait toujours sa réponse, mais Khalid paraissait hésitant.

— Oui, naturellement, finit-il par soupirer. Quand tu m'auras donné un héritier. Mais si tu avais l'intention de retourner t'installer aux Etats-Unis, l'enfant resterait avec moi.

9.

— Quoi ?

Ainsi, elle était condamnée à devenir un jouet entre les mains de la famille royale de Sarq, sitôt qu'elle donnerait naissance à son bébé !

— Liv, notre enfant serait l'un des héritiers potentiels de la couronne de Sarq, reprit-il en plantant son intense regard dans le sien. Et comme tous les enfants de la famille Fehr, il bénéficiera d'une éducation royale. C'est une tradition.

Comme elle lui retirait sa main et le considérait avec effroi, il se rapprocha et enchaîna d'un ton radouci :

— Nous ne sommes pas encore mariés, et il serait absurde de nous quereller au sujet des termes d'une séparation… Je ne veux pas te forcer, Liv. Le mariage doit être librement consenti, et il t'appartient de t'y engager pleinement. La loyauté et la fidélité sont très importants, dans une union.

Les yeux rivés à ceux de Khalid, Liv songea qu'il n'avait pas tort. Pourtant…

— Et l'amour ? plaida-t-elle. Crois-tu vraiment qu'un mariage peut tenir sans sentiments ?

Khalid retira sa main.

— Ce mariage te sauvera d'Ozr. En d'autres termes, il te sauve la vie.

Elle prit une longue inspiration, cherchant à mettre de l'ordre dans ses pensées.

— Finalement, il s'agit de sortir d'une prison pour entrer dans une autre.

— Liv ! Je ne suis pas un barbare ! s'écria-t-il, visiblement choqué.

— Ce n'est pas ce que je voulais dire, enchaîna-t-elle très vite. Mais je ne crois pas aux mariages arrangés. Celui de tes parents l'a-t-il été ?

Elle avait cru le provoquer, mais sa réponse la surprit.

— Oh oui ! Mon père allait bientôt monter sur le trône, et sa famille a passé cinq ans à lui chercher l'épouse idéale.

— Et ils ont trouvé ta mère, conclut-elle.

— Non, une autre femme, lança-t-il sèchement. Mais elle est morte deux mois avant les noces, et c'est ma mère qui a été choisie pour la remplacer.

— Elle n'a pas dû être très heureuse…

Un sourire forcé se dessina sur les lèvres de Khalid.

— Au début, ma mère était très excitée à l'idée d'épouser un souverain. Mais elle ne s'est jamais sentie comme son égale. Il était de sang royal, et elle venait d'un milieu modeste. Peu à peu, c'est devenu une obsession, chez elle.

— Pourquoi ? Les gens la traitaient-ils moins bien ?

— Oui, certains.

— Et ton père ?

— Non. Mon père l'aimait et la respectait.

— Comment sais-tu qu'il l'aimait ?

— Il me l'a dit. Sur son lit de mort, il nous a demandé de veiller sur elle, de l'aimer et de la protéger comme il l'avait fait lui-même.

Pour une raison inexplicable, ces simples paroles eurent l'effet d'un baume apaisant sur les nerfs de Liv, qui sentit son cœur retrouver un rythme normal.

Quand son père était mort, il avait eu la même pensée. Jake et elle lui avaient promis, sur sa demande instante, de protéger leur mère jusqu'à la fin de ses jours et de veiller à ce qu'elle ne manque jamais de rien.

— C'est drôle, murmura-t-elle. Ton père et le mien se ressemblaient, dans l'amour qu'ils vouaient à leur femme. Mes parents ont été très heureux ensemble, et c'est ce que je veux connaître aussi : pas seulement quelques mois ou quelques années, mais toute une vie de bonheur conjugal, qui n'aurait pas été imposé, mais choisi !

— Alors fais ce choix, Liv, intervint-il. Cesse de te battre contre le destin et…

— Ce n'est pas le destin ! s'exclama-t-elle. Bien sûr, c'est facile, pour toi… Mais me marier, aller vivre à Sarq ou dans le désert, me conformer à tout…

— Ce serait si terrible ?

— Peut-être pas si je te connaissais, mais tu es plus énigmatique que le sphinx ! Je ne sais rien de toi, Khalid. Je ne pourrais pas même citer cinq choses à ton sujet !

— Je suis certain que tu le peux, au contraire, répliqua-t-il en souriant. Essaie.

Furieuse contre lui, furieuse contre elle-même et contre cette situation injuste dans laquelle elle était entraînée à son corps défendant, Liv renonça à argumenter et poussa un profond soupir.

— Bon. Je sais que tu te nommes Khalid Fehr et que tu es un héritier de la famille royale des Fehr.

— Très bien, ça fait deux choses, dit-il d'un ton encourageant.

Elle leva les yeux au ciel, exaspérée. Oui, Dieu merci, elle connaissait son nom ! Quel prodige !

— Je sais que tu as un frère aîné et que tu vis quelque part à Sarq, enchaîna-t-elle de mauvaise grâce.

— Bravo. C'est très bien.

Secouant la tête, elle lui lança un regard noir et passa une main dans sa chevelure défaite.

— Khalid, ce n'est pas « très bien » ! Nous avons passé quatre jours ensemble, et tu restes un étranger pour moi !

— Quatre jours au cours desquels nous avons discuté, et où tu as appris deux ou trois choses à mon sujet, tout de même... Allons, continue. Tu en sais davantage que tu ne le penses.

Aucune lueur de défi ne brillait dans le regard qu'il lui adressait. Au contraire, sa bienveillance était totale.

Aussi poursuivit-elle avec plus de calme :

— Ton frère semble être un très bon souverain, et Sarq est une nation paisible où les gens vivent bien. Tu aimes beaucoup le cheikh Sharif Fehr, et tu respectes son avis, mais vous n'êtes pas toujours d'accord.

Elle le vit hausser les sourcils mais enchaîna :

— Tu es un homme plein de compassion et tu ne supportes pas l'injustice. Voilà. C'est tout ce que je sais.

Il porta sa main à ses lèvres, la baisa délicatement et se leva.

En posant la main sur la poignée de la porte, il conclut :

— Je crois que c'est bien suffisant.

Et il sortit.

La matinée commença tôt, et Liv sortit de son lit avec beaucoup moins d'entrain que les jours précédents. Elle avait mal dormi. Sa tête restait lourde, et elle avait un nœud à l'estomac.

Dès qu'elle fut lavée et habillée, elle alla ranger sa bague de fiançailles dans un coffret. Non, elle ne pouvait plus continuer cette mascarade. Elle allait partir. Au cours de leur escale, elle saisirait la première opportunité et prendrait la poudre d'escampette.

Déterminée à mettre son plan à exécution, elle rejoignit Khalid devant la table du petit déjeuner, sur le pont supérieur.

En voyant les pâtisseries, le jus d'orange, le café et le panier de fruits mis à sa disposition, elle sentit des larmes lui monter aux yeux. C'était une scène si normale, si familière… Elle avait l'impression de s'y être déjà accoutumée.

Et d'une certaine manière, c'était exactement ce qu'elle voulait : partager son petit déjeuner avec un homme, tous les matins de sa vie… Mais un homme qui l'aimerait pour ce qu'elle était, et non par obligation et pour respecter sa parole.

— J'ai de très bonnes nouvelles, annonça Khalid en posant son journal sur la table.

— Ah ? fit-elle d'un ton morose, en se remplissant une tasse de café.

Il lui décocha un sourire malicieux, et elle vit son regard pétiller de joie.

— Les autorités ont localisé Elsie, révéla-t-il.

— Quoi ?

Elle le dévisagea avec stupeur. La surprise était de taille. C'était comme si elle venait de recevoir un seau d'eau glacée sur la tête.

— Elle est en garde à vue mais les enquêteurs aimeraient que tu viennes l'identifier un peu plus tard dans la journée. Pour le moment, c'est tout ce que je sais. J'ignore où elle a été arrêtée, et si elle voyageait seule, sous son vrai nom ou pas… Mais nous aurons bientôt toutes les informations, enchaîna-t-il d'un ton enjoué avant de s'interrompre et de froncer les sourcils. Liv, qu'est-ce qui ne va pas ?

— Rien, affirma-t-elle en coupant un croissant en deux.

— En tout cas, Elsie était bien en Egypte, comme tu l'avais dit…

Sa voix s'évanouit, avant qu'il ne reprenne :

— Liv, où est ta bague ?

— Dans mon coffret à bijoux, répondit-elle en rougissant.

— Pourquoi ne la portes-tu pas ?

— Je préfère la laisser en sécurité pendant que nous sommes

à terre, mentit-elle, avant de changer rapidement de sujet. A ton avis, que vont-ils faire à Elsie ?

Elle sentait un poids peser sur sa poitrine en revoyant le visage rieur de la jeune femme.

— L'envoyer à Ozr, répondit-il.

Oh, non, non, non ! Pas à Ozr ! Pas là-bas !

Khalid devait avoir perçu son malaise, car il se pencha au-dessus de la table et s'enquit d'une voix douce :

— Tu t'inquiètes pour elle ?

Elle ferma les yeux. Oh, elle allait se trouver mal… La nausée montait, et des larmes lui brûlaient déjà les yeux.

— Liv, tu n'es pas responsable du sort d'Elsie, assura-t-il. Et tu…

— Ozr est un lieu ignoble ! coupa-t-elle. C'est l'enfer. L'enfer !

— Elsie n'a pas eu tes scrupules quand elle placé un kilo de drogue dans ton sac, répliqua-t-il sans ménagement.

— Je ne me sens pas bien, répondit-elle en se levant. Je crois que ma tête va exploser.

Il la contempla longuement et poussa un profond soupir.

— Ne reste pas au soleil, dans ce cas. Retourne dans ta cabine, ferme les rideaux et allonge-toi. Essaie de dormir…

— Mais nous ne devions pas faire escale ?

— Nous pouvons nous passer de la visite d'Esna. Pour une fois, nous profiterons pleinement de la croisière en restant toute la journée à bord.

Liv approuva d'un hochement de tête et s'apprêta à quitter la table. Son lit. Elle avait besoin d'enfouir son chagrin et ses angoisses dans ses oreillers…

— Et demain, tu verras Louxor, enchaîna-t-il en souriant. Il vaut mieux que tu te reposes aujourd'hui, afin d'être en pleine forme. J'imagine que tu voudras visiter le site dans ses moindres détails, n'est-ce pas ?

Une lueur de complicité étincelait dans son regard noir :

il connaissait sa passion toute particulière pour l'histoire et l'architecture de cette cité, qu'elle rêvait de voir depuis son enfance.

— Je crois que je suis vraiment épuisée, répondit-elle pourtant. Je ne sais pas si j'aurai la force de voir Louxor demain. Nous pourrions peut-être nous contenter de rester sur le bateau.

Le visage de Khalid s'assombrit.

— Comment ? Mais Louxor représente le point d'orgue d'une croisière sur le Nil ! Tu m'en parles depuis des jours !

— Je sais, mais il y fera très chaud, et il y aura foule dans les rues, non ?

— Nous aurions notre propre guide, comme les autres jours, et mes hommes se chargeraient de nous faire de la place... Je ne peux pas croire que tu renoncerais à Louxor !

— J'en ai simplement assez vu, trancha-t-elle. J'ai fait le plein de ruines, de temples et de monuments, et je...

— Stop, interrompit-il en levant la main et en la toisant avec attention. Tout ça, c'est à cause d'Elsie, n'est-ce pas ? Tu as peur de te retrouver devant elle.

— Oui, j'ai peur. Je suis terrifiée, admit-elle, sur la défensive.

— Eh bien ne le sois pas. Je serai là, avec toi. Et je ne t'abandonnerai pas une seule seconde.

Seigneur, il ne comprenait pas... Il ne se rendait pas compte qu'elle ne pouvait plus s'enferrer dans ce chaos !

— Khalid, je ne le ferai pas. Je me refuse à...

— Ah non ? tonna-t-il en se levant et en lui adressant un regard furieux. Tu n'as pas le choix, Liv ! C'est elle ou toi. Tu ne peux pas à la fois sauver Elsie et échapper toi-même à Ozr !

— Je refuse de la faire envoyer là-bas. Personne ne mérite d'y être enfermé, pas même le plus cruel des hommes !

— Je crois que tu devrais y réfléchir plus longuement, si

tu ne veux pas regretter ta décision durant des années, entre les quatre murs de ta cellule !

— Tant pis ! s'écria-t-elle, ignorant les battements répétés de son cœur et le courant d'air glacé qui la traversait. Ce n'est pas à toi de faire ce choix ! Ta famille est à Sarq, et la mienne à Pierceville. Contente-toi d'être loyal envers les tiens, et laisse-moi décider seule de mon avenir.

— Tu voudrais que j'accepte de te voir gâcher ta vie entière ? explosa-t-il. Bon sang, Liv, je suis allée te réclamer en personne, là-bas !

— Eh bien tu as commis une erreur, rétorqua-t-elle en lui décochant un coup d'œil glacial. Tu t'es trompé à mon sujet.

En une seconde, le visage de Khalid se décomposa, et elle sentit son attitude changer du tout au tout. Elle commençait à le connaître, et en cet instant, elle sentait qu'il n'était plus avec elle. Il avait mis un monde entre eux, il s'était retranché dans un ailleurs inaccessible.

— Oublions Louxor, lança-t-il sèchement. Nous prendrons directement l'avion de retour pour Le Caire demain matin, et tu iras identifier Elsie. Ensuite, cette spirale infernale pourra enfin s'interrompre.

— Et si je ne l'identifie pas ? suggéra-t-elle en relevant le menton d'un air de défi.

— Tu veux dire... Tu es en train de suggérer que tu pourrais *refuser* de l'identifier ?

Sans une hésitation, elle acquiesça vigoureusement.

— Dans ce cas, je te renverrais à Jabal, rétorqua-t-il aussitôt.

Elle ne détachait pas son regard du sien et retenait son souffle.

— Tu ferais ça ?

Son regard se durcit encore.

— Liv, le gouvernement de Jabal fait peser une menace

d'attaque militaire contre Sarq. Ces gens ne demandent qu'à profiter de l'incident pour intensifier la tension, et tu leur fournirais là le motif idéal. Je ne mettrai pas en péril la sécurité de mon pays.

C'était plus qu'elle n'en pouvait supporter. Elle se sentait malade, incapable d'articuler une réponse.

— Je te répète qu'il faut intervenir pour arrêter cette spirale, continua-t-il. Comment peux-tu me refuser cela ? Je suis allée te chercher à Ozr, et tu ne consacrerais pas cinq minutes de ton temps à l'identification d'une misérable trafiquante de drogue, qui de plus t'a trahie ?

— Khalid, ce n'est pas que je…

— Cinq minutes ! répéta-t-il en abattant son poing sur la table. Cinq minutes dans un commissariat, et c'est fini, pour toujours ! Cinq minutes pour en finir avec ce chaos et cet enfer !

Les sanglots étouffaient Liv, et à travers le rideau de larmes qui lui brouillait la vue, elle cherchait à soutenir le regard à la fois déçu et furieux de son compagnon.

— C'était mon amie, hoqueta-t-elle. Même si elle m'a trahie, je ne suis pas capable de lui rendre la monnaie de sa pièce. Ce n'est pas dans ma nature, c'est tout. Tu dois savoir que je ne suis pas ce genre de personne, Khalid… La vengeance me fait horreur. Je ne sais pas me montrer cruelle, et je ne supporterais pas d'envoyer quelqu'un croupir à Ozr si je peux l'éviter.

Elle vit le doute passer dans son intense regard.

— Tu savais qu'elle transportait de la drogue, accusa-t-il.

— Non.

— Alors pourquoi la protèges-tu ?

— Parce que je suis faite ainsi.

— Ridicule !

— Je ne suis pas plus ridicule que toi, se défendit-elle avec ardeur. Tu es venu me sauver sans raison personnelle, mais quand j'agis de la même manière, tu me traites d'idiote !

— Enfin Liv ! Elle avait près d'un kilo de cocaïne dans sa trousse à maquillage !

— Et comment savoir si elle transportait cette drogue ? Elsie n'avait vraiment pas l'air d'une toxicomane ! Je ne l'ai pas vue boire une goutte d'alcool, et elle était toujours d'humeur égale. Elle emmenait sa petite trousse partout avec elle, et tout le monde pouvait en voir le contenu. Si elle était réellement une trafiquante, aurait-elle exhibé à tout moment de la journée un gros paquet de drogue ? Parce que ça prend forcément de la place, un kilo de cocaïne, je suppose ?

— La drogue était dans son sac, maintint Khalid. Et cette conversation ne nous mène à rien : les gens de Jabal ne vont pas renoncer, Liv. Ils veulent un coupable. Mon frère a passé ces trois dernières nuits à tenter de trouver une solution diplomatique à ce conflit, pour assurer ta liberté autant que la sécurité de Sarq.

Elle baissa la tête.

— Y a-t-il un moyen de la faire innocenter aussi ?

Il cligna des yeux plusieurs fois et resta bouche bée une fraction de seconde.

Enfin, il se prit la tête dans les mains et s'écria :

— Bon sang… Liv, pour l'amour du ciel !

— Khalid, attends… Je suis désolée…

Mais c'était trop tard.

Il était parti. Et elle restait seule sur le pont.

Elle frissonna. Peut-être avait-il raison… Sans doute était-elle naïve de croire possible que justice soit faite. De penser qu'elle pourrait recouvrer sa liberté, tout comme Elsie, tandis que les officiels de Jabal entendraient raison et laisseraient le cheikh Fehr en paix.

Elsie était-elle réellement innocente ? Après tout, cela

n'avait pas d'importance, puisqu'elle ne la ferait pas envoyer à Ozr…

Khalid avait raison. Dans la vie, il fallait assumer ses responsabilités, y compris dans les situations impossibles… et dans les moments d'injustice.

Il l'avait fait. Elle allait l'imiter.

Elle savait comment libérer Khalid de cet engagement insensé qu'il avait pris envers elle ; elle savait comment éviter la prison à Elsie, comment dégager le royaume de Sarq de toute responsabilité dans cette affaire.

Elle ne reverrait pas sa famille, mais au moins, elle aurait la conscience tranquille. Tout être humain se devait de conserver sa dignité et son honneur. Jake et sa mère finiraient par le comprendre, même si c'était difficile.

Quittant le pont, elle se rendit dans l'un des grands salons et alla prendre un bloc et un stylo sur un bureau. Puis elle s'assit, prit son temps pour trouver les mots qui convenaient et rédigea le message suivant :

A qui de droit,

Je soussignée Olivia Anne Morse, résidant à Pierceville, Alabama, USA, admets avoir illégalement introduit de la drogue à Jabal depuis le Maroc. J'en assume seule la responsabilité. J'affirme que personne ne m'y a aidée, et que je suis coupable du délit dont je suis accusée.

J'écris ces lignes en pleine possession de mes moyens intellectuels et physiques, sans subir aucune pression.

Olivia Anne Morse

Elle plia soigneusement la feuille de papier et entra discrètement dans la chambre de Kahlid pour la déposer sur son chevet. Puis, elle remonta sur le pont, espérant qu'il allait la rejoindre.

Mais il n'apparut pas pour le déjeuner.

Et à 15 heures, il n'était toujours pas rentré.

Liv allait et venait de sa chambre au pont, elle errait comme une âme en peine d'un bout du bateau à l'autre… Désœuvrée et anxieuse.

Que faisait Khalid ?

La journée s'écoula dans cette perpétuelle et vaine attente. Elle fit une sieste, passa de longs moments à scruter l'horizon, l'esprit vide, ne voyant même plus le magnifique paysage.

Et puis, en fin de journée, un membre de l'équipage frappa à sa porte pour lui déposer un plateau.

Elle comprit ce que cela signifiait.

Khalid était rentré mais refusait de la voir.

Incapable d'avaler quoi que ce soit, elle laissa le plateau intact sur une table et alla se recoucher, tout en sachant que le sommeil serait long, très long à venir…

— Qu'est-ce que c'est que ça ?

Se réveillant en sursaut, Liv réalisa que la nuit était tombée, qu'elle s'était assoupie tout habillée sur le lit et que Khalid se tenait au centre de la pièce, sa lettre à la main.

— Je ne ferai pas envoyer Elsie à Ozr, répondit-elle en recouvrant aussitôt ses esprits. Et je ne laisserai pas non plus ton pays sous la menace d'une guerre. C'est la seule solution. Ainsi, tout s'arrangera pour toi, pour ton frère, pour Sarq et…

— Et toi ? interrompit-il avec colère. Et toi, dans tout ça ?

— Je fais de mon mieux. Il est normal que j'essaie de mettre de l'ordre, puisque je suis responsable de ce désastre.

— Tu n'as donc aucune idée de ce que tu représentes aux yeux de ta famille ? enchaîna-t-il, un accent de douleur dans la voix. Sais-tu seulement que ton frère m'a supplié de tout faire pour que les responsables d'Ozr acceptent de le prendre à ta place ? Il voulait que je te fasse libérer en échange de sa propre liberté, et il était prêt à purger la peine, quelle qu'elle fût. Ce n'étaient pas de vaines paroles, Liv ! Il était déterminé. Et c'est ainsi que j'ai compris qui tu étais, qui était ta famille, d'où tu venais. C'est le dévouement inconditionnel de ton frère qui m'a amené à redoubler d'efforts pour te sortir d'Ozr. Je ne te laisserai pas tout gâcher. Je vais honorer la promesse que j'ai faite à Jake, parce que c'est ce qu'il attend de moi.

— Mais pourquoi ? demanda-t-elle, tiraillée entre le désespoir et l'émotion que faisait naître en elle ce discours. Pourquoi est-ce si important pour toi ?

— Parce que je comprends ce que ressent Jake, lâcha-t-il. Je sais comment réagit un homme quand sa famille est prise pour cible et qu'il ne peut rien faire pour la protéger. J'avais deux sœurs, et je les adorais. J'aurais fait n'importe quoi, pour elles, et si elles avaient eu des ennuis, j'aurais voulu que quelqu'un vienne à leur secours, de la même manière que j'ai couru au tien.

Elle se tut un instant et contempla le visage de Khalid.

— Où sont tes sœurs, maintenant ?

— Elles sont mortes.

Les trois mots semblèrent faire trembler les murs de la pièce, et Liv sentit un frisson glacial sur sa nuque.

Le visage de Khalid était plus inexpressif, plus fermé que jamais.

— Comment ? Quand ?

— Quelle importance ? rétorqua-t-il froidement.

— C'est important pour toi, et ça l'est pour moi aussi, dit-elle avec douceur. Je t'en prie, dis-moi ce qui est arrivé.

Il fit quelques pas dans la chambre.

— Elles ont eu un accident de voiture alors qu'elles se trouvaient en vacances, en Grèce. Elles sont parties pour quinze jours, et je ne les ai jamais revues.

Elle hocha la tête en silence.

— Alors c'est pour ça que tu aides les gens… Tu veux leur éviter les souffrances que tu as toi-même traversées.

— Nous n'avons pas fourni tous ces efforts pour te perdre maintenant, répondit-il en se retournant brusquement vers elle.

Puis, il se remit à arpenter la pièce avant de s'approcher d'elle et de planter son regard dans le sien. Un regard calme et confiant.

— Le capitaine est autorisé à célébrer un mariage. La cérémonie aura lieu dans une heure.

Comme elle le contemplait avec ébahissement, il enchaîna :

— Je sais que m'épouser ne comblera pas tes rêves romantiques. Mais si c'est le seul moyen de te rendre à ta famille le plus rapidement possible, il faut le faire.

Sur ces mots, il tourna les talons et quitta sa cabine.

Demeurée seule, Liv resta immobile sur son lit un long moment. Toutes les larmes qu'elle avait contenues durant leur face-à-face roulèrent bientôt sur ses joues.

Ainsi, depuis des années, Khalid offrait à d'autres le bonheur qu'il avait perdu…

Il méritait bien son titre de prince. Cet homme avait tout sacrifié pour elle. Et en retour, que lui offrait-elle ? Au lieu de lui prouver sa reconnaissance, elle piétinait chacun de ses efforts.

Elle avait honte, à présent. Au souvenir du moment où il lui était apparu, à Ozr, elle sentait son cœur se serrer. Elle se lamentait depuis des semaines et se voyait déjà mourir de faim et de froid dans sa cellule humide, et soudain, ce visage fier et sculptural surgi de nulle part avait fait renaître l'espoir dans sa vie…

Un prince de sang royal avait renoncé à tout ce qu'il avait bâti pour la délivrer.

Il était hélas impossible de revenir en arrière et de défaire ce qui était fait. Mais elle avait au moins la possibilité de rendre les choses plus faciles à celui qui lui avait tendu cette main généreuse.

L'extravagante garde-robe acquise au Caire contenait un long fourreau de soie ivoire, digne d'être porté en guise de robe de mariée, constata Liv en caressant le tissu délicat du vêtement et en admirant son reflet dans le grand miroir de sa chambre.

La poitrine et la taille moulées dans le bustier brodé de délicates perles nacrées, elle se sentait prête. Prête à épouser le prince Kahlid Fehr du grand désert de Sarq.

Elle avait lissé sa longue chevelure blonde, qui tombait en anglaises sur ses épaules. Deux ravissantes barrettes ornées de diamants y brillaient. Khalid lui en avait fait cadeau lors de leur première escale, et à ce souvenir, elle sentit encore son cœur se serrer.

Lentement, elle quitta la chambre et gagna le pont sous la légère brise nocturne, songeant que pour seul bijou, elle portait sa bague de fiançailles.

Elle n'aurait pas de bouquet non plus. Ni demoiselles d'honneur, ni dragées…

Elle n'avait rien d'autre à offrir à Khalid qu'elle-même.

10.

La cérémonie fut brève, et ils n'eurent que deux témoins choisis par le capitaine parmi le personnel de bord.

Vêtu de sa *dishdashah* blanche, Khalid prêta serment en anglais et en arabe, et Liv se contenta de répondre aux questions posées, les mains jointes, recueillie et concentrée.

Le capitaine avait veillé à faire décorer le grand salon de galons d'organdi blanc et de voilages dorés. De grands bambous ceignaient l'autel, formé d'une simple console de marbre blanc.

Le soleil était couché, mais le ciel était encore zébré de rubans roses, et au-dehors, le clapotis du Nil rythmait la nuit, en une musique douce, peut-être pas nuptiale, mais plus charmante que n'importe quel orchestre.

En relevant les yeux vers Khalid pour échanger avec lui des vœux très sobres, Liv sentit son cœur battre un peu plus fort. Il était si beau, si viril, si impressionnant de dignité…

Emue, elle écouta le capitaine sceller leur union et les prononcer mari et femme. Puis elle recueillit les félicitations des trois personnes présentes, avant de se retrouver seule face à Khalid, et de songer pour la première fois à ce qui allait suivre.

Son regard intense se posait sur elle avec un mélange de douceur et d'exigence.

Non, cette fois, elle ne passerait pas la nuit seule dans sa suite. Lui prenant la main, il la conduisit vers la sienne, dans le silence de cette chaude nuit d'été où le murmure du fleuve faisait écho à la discrétion de cette courte cérémonie — qui avait pourtant à jamais bouleversé sa vie…

Désormais, elle était l'épouse de Khalid.

Le cœur battant sur un rythme affolé, Liv le suivit dans sa grande cabine et découvrit avec émotion les dizaines de petites bougies allumées sur les meubles égyptiens.

C'était ravissant. Et le simple fait que Khalid ait songé à la mettre à l'aise en créant cette atmosphère intime la bouleversait.

Pourtant, elle avait peur.

Comme s'il avait perçu son appréhension, il l'invita à s'asseoir dans un large fauteuil et s'agenouilla près d'elle pour porter sa main à ses lèvres et la baiser délicatement.

Au contact de sa bouche chaude sur sa peau frémissante, elle se sentit faiblir et murmura :

— Je ne sais pas comment on fait… Je suis désolée. Excuse-moi.

— Comment on fait quoi ?

Un rayon de lune venait baigner la pièce, éclairant son regard noir et sa chevelure soyeuse.

— Ça, dit-elle dans un souffle. Je n'ai jamais… Tu sais bien.

Ils échangèrent un bref coup d'œil, et elle comprit qu'il voulait l'aider à se débarrasser de sa panique.

— Tu n'as pas à faire quoi que ce soit, reprit-il doucement en embrassant encore sa main avant de la retourner pour tracer une ligne brûlante sur son poignet. Laisse-moi te guider, c'est à moi de le faire.

Comme il se penchait pour l'embrasser dans le cou, Liv ferma les yeux et s'efforça de chasser ses craintes pour ne plus se concentrer que sur l'exquise sensation causée par une myriade de petits frissons.

Sa présence se faisait peu à peu rassurante.

Il était avec elle. De son côté.

Et dans cette étonnante situation, l'association des sentiments de danger et de sécurité se révélait plus excitante qu'elle ne l'aurait imaginé.

Bientôt, il l'invita à se lever et il la mena vers la fenêtre pour contempler le Nil au repos.

Il resserrait doucement son étreinte, et son souffle tiède caressait son dos nu jusqu'à l'en griser. Lorsque ses lèvres se posèrent sur les siennes et qu'elle en goûta la saveur sucrée, elle crut défaillir. Et quand il l'attira plus étroitement encore contre lui, lui laissant deviner l'excitation qu'elle lui inspirait, une boule de chaleur se forma en elle.

Toute son appréhension semblait annihilée par la force du désir qu'il distillait en elle. Comment était-ce possible ? Etait-il magicien ? Ses baisers l'enivraient, et comme chaque fois qu'il avait pressé ses lèvres contre les siennes, elle sentait toutes ses défenses tomber.

Il avait glissé une main dans ses cheveux. Sa fièvre semblait maintenant pareille à la sienne, et leur étreinte se faisait plus passionnée…

Liv crut défaillir. Son cœur battait à se rompre, la température de son corps était montée d'un cran, et le courant électrique qui l'envahissait la secouait d'ondes inconnues. Son désir augmenta encore quand il défit lentement la fermeture de sa robe pour y glisser une main et caresser sa taille, son dos, ses épaules…

Renversant la tête en arrière, elle savourait ses mouvements lents et sensuels, soupirant de plaisir tandis qu'un brasier s'allumait en elle.

Oh, c'était divin !

C'était comme si Khalid précédait les appels muets de

son corps affamé de caresses, impatient de sentir ses doigts brûlants et prêt à basculer dans le plaisir.

A son tour, elle enroula ses bras autour de son cou, s'agrippant fermement à lui, le couvrant de baisers passionnés, revenant sans cesse chercher ses lèvres. Des frissons couraient sur sa peau.

— Sais-tu que tu es ravissante, dans cette robe ? murmura-t-il. Je regrette presque de devoir te l'enlever…

— Fais-le. Je veux être nue devant toi. Et toi aussi, retire ça, soupira-t-elle en tirant sur sa *dishdashah*, cherchant comment l'en débarrasser.

— Plus tard, répondit-il avec autorité en la renversant sur le lit avant de s'allonger près d'elle et de plonger son regard brûlant dans le sien.

Dans un silence électrisant, il fit glisser son fourreau de soie sur ses chevilles, ne lui laissant que ses escarpins de satin et sa culotte de dentelle.

Puis, il se pencha pour happer la pointe d'un sein du bout des lèvres, et Liv sentit une onde de plaisir insoutenable la parcourir. Dans un réflexe, elle se cambra, abandonnant sa poitrine à ses lèvres chaudes et humides. A la seconde où elle sentit sa langue agacer doucement un de ses tétons, elle laissa échapper un gémissement :

— Khalid…

Mais il ignora sa supplique et poursuivit sa lente et délicieuse torture, provoquant un séisme en elle. Car le plaisir qu'elle découvrait surpassait ses attentes, et elle avait l'impression de perdre l'esprit, à mesure que son corps vibrait, saisi par les délices de l'extase.

Sans cesse, il revenait embrasser sa bouche, avant de recommencer à caresser ses seins. Affolée, elle se débattait en gémissant, elle agrippait ses épaules, griffait le vêtement qui le recouvrait encore et qu'elle brûlait de voir disparaître pour sentir sa peau contre la sienne.

Enfin, il consentit à s'en défaire, et elle demeura le souffle court devant la beauté sculpturale de ce corps masculin. Il avait la silhouette d'un dieu, des pectoraux admirablement dessinés, à peine voilés d'une fine toison noire, un ventre musclé...

Il lui écarta doucement les cuisses, il se mit à les caresser, formant des cercles brûlants du bout des doigts. Les ondes qui montaient en elle étaient d'une telle violence qu'elle ne parvenait pas à dominer sa respiration.

— Assez... Je t'en prie, assez... Je veux te caresser, moi aussi, murmura-t-elle, le cœur battant à se rompre.

Elle ne pouvait plus le voir devant elle, presque entièrement nu, et le laisser lui donner du plaisir comme si elle était une reine... Non, elle voulait partager cette étreinte avec lui, apprendre à le contenter, apprendre à connaître son corps, à deviner ses envies, à le combler comme il la comblait.

Se redressant d'un mouvement vif, elle avança une main fiévreuse vers lui et caressa doucement son sexe durci par un puissant désir. Bientôt, elle écouta avec ravissement les gémissements que lui arrachaient ses gestes délicats, d'abord timides, et peu à peu plus enfiévrés et audacieux.

Mais très vite, comme s'il avait senti sourdre en lui une éruption violente, il roula sur elle et l'embrassa à l'en étouffer, avant de lui arracher sa culotte.

Si ce geste avait été brusque, les caresses qui suivirent furent tout en contraste : languides, sensuelles et envoûtantes.

Quand elle sentit ses doigts chercher doucement le cœur de sa féminité, elle ne put réprimer un long gémissement.

Son corps s'éveillait à des sensations inconnues, fortes, délicieuses, d'une intensité sans égale.

— Oh, Khalid...

Il poursuivit sa patiente exploration, ignorant ses cris, conservant ce rythme insoutenable, faisant monter la tension par vagues et refusant de brûler les étapes, la comblant de caresses langoureuses.

Enfin, il la laissa le toucher de nouveau. Elle aimait sa peau. Son parfum. La teinte ocre de son corps dans l'éclat des chandelles et le halo de lune. Elle aimait cette étincelle de désir, dans son regard, quand elle le caressait ou qu'il la faisait frémir en effleurant ses seins ou ses cuisses.

— Khalid, murmura-t-elle quand il fit d'elle sa femme en la pénétrant avec une infinie douceur, son regard rivé au sien.

Dans ses yeux brillait une peur muette.

— Tu ne me fais pas mal… Au contraire. Viens…

Alors, ils se soudèrent l'un à l'autre, et ondulèrent bientôt sur un même rythme.

— Oh, Khalid ! cria-t-elle en refermant ses bras autour de son cou, comme elle sentait monter au plus profond d'elle-même une vague de plaisir insoupçonné.

Il lui sourit, noyant ses yeux dans les siens.

Leur nuit fut une suite de caresses et de baisers, alternant entre douceur, tendresse et passion fougueuse.

Au petit matin, quand elle s'endormit entre ses bras, elle songea que Khalid n'avait pas seulement fait d'elle une femme, en prenant sa virginité.

Il l'avait révélée à elle-même. Car pour la première fois, elle se sentait chérie, désirée, et belle dans les yeux d'un homme.

11.

Le lendemain matin, ils prirent le petit déjeuner au lit. Liv demeura au chaud sous les draps, tandis que Khalid passait sous la douche et s'habillait : cette nuit blanche l'avait épuisée, et elle sentait tous ses muscles délicieusement rompus par leurs étreintes.

— Qu'allons-nous faire, aujourd'hui ? demanda-t-elle quand il revint vers elle en souriant. Faut-il aller remplir des papiers pour le mariage ?

— Non, tout est déjà en ordre. Nous allons visiter Louxor, et tu devrais passer ta robe la plus légère : la vallée des Rois peut être une véritable fournaise.

Un jour, Liv avait lu dans un guide que Louxor était le plus grand musée à ciel ouvert du monde. Elle en fut convaincue dès qu'elle pénétra dans la nécropole thébaine pour y contempler les tombeaux royaux.

La « ville aux cent portes », ainsi que l'avait baptisée Homère, était bien le joyau du Nil. Aux temples majestueux étaient accolées les maisons aux couleurs vives, conférant au village un aspect rural.

Ils passèrent d'abord par la vallée gardée par les colosses de Memnon. Liv songea à son émerveillement, lorsque, enfant, elle avait appris que, par un phénomène acoustique naturel étrange, la voix plaintive de Memnon se faisait entendre au lever du soleil, jusqu'à la rénovation de la statue au IIIe siècle. La légende prétendait que Memnon pleurait la mort de son fils. En réalité, ce murmure était celui de la rosée s'écoulant sur les pierres.

Puis, main dans la main, ils découvrirent la vallée des Rois.

— Tous les pharaons du Nouvel Empire y ont leur demeure, expliqua le guide, tandis qu'elle laissait Khalid l'embrasser discrètement dans le cou. Ramsès II, Aménophis II, Toutankhamon… Leurs compagnes ont été ensevelies dans la vallée des Reines. Vous pouvez admirer entre autres la tombe de Néfertari, de toute beauté.

Plus loin, ils tombèrent en arrêt devant le temple dédié à la reine Hatshepsout. Magnifiquement intégré à la nature, il s'agissait de l'une des constructions les plus abouties et les plus surprenantes d'Egypte.

Quant au temple de Louxor édifié en hommage aux dieux thébains, il éblouit Liv par son élégance architecturale. C'était une vraie splendeur. Et après la nuit extraordinaire qu'elle venait de vivre, elle avait l'impression de se fondre dans l'histoire ancienne de ces couples royaux unis jusque dans l'au-delà, partageant leur sépulture et laissant connaître à tous l'histoire de leurs joies et de leurs chagrins…

Elle était l'épouse d'un prince. C'était encore difficile à croire. Khalid avait évoqué la possibilité qu'ils se marient une seconde fois à Sarq, afin qu'à une cérémonie intime succède une grande fête au cours de laquelle ils échangeraient leurs alliances.

Oui, elle était mariée, pensa-t-elle en passant entre les tombaux aux trésors pillés par des mains indélicates. Et Khalid veillerait sur elle, maintenant et jusqu'à la fin de leurs jours…

Le soleil écrasait de chaleur la ville ouverte, et après quelques heures de visite, ils prirent la direction du retour.

Les touristes étaient nombreux à se masser devant les hiéroglyphes funéraires, et Liv se sentit soudain bousculée par deux individus, tandis que Khalid poursuivait sa marche devant elle. Tout à coup, l'un des deux hommes lui agrippa le bras et lança d'un ton autoritaire :

— Madame, veuillez vous écarter du groupe et venir avec moi, s'il vous plaît.

— Je regrette, répondit-elle en dévisageant l'homme avec surprise, mais je ne comprends pas ce que vous voulez… Quel est le problème ?

— Suivez-moi, madame.

Saisie d'effroi, Liv avait une pénible impression de déjà-vu. Pourquoi cet homme lui prenait-il le bras ? Que cherchait-il ?

L'instant d'après, Khalid faisait irruption à ses côtés et se dressait devant l'homme :

— Lâchez-la immédiatement, ordonna-t-il d'une voix menaçante.

L'inconnu esquissa une profonde révérence.

— Votre Altesse, veuillez me pardonner, mais c'est pour votre protection.

— Osez-vous suggérer que je devrais être protégé de ma propre femme ? répliqua Khalid, les yeux lançant des éclairs.

— Votre Altesse, nous avons observé des activités suspectes autour des tombes, aujourd'hui, et nous avons des raisons de croire que mademoiselle Morse est impliquée dans une entreprise illégale ici.

Le regard de Khalid s'étrécit encore, et son expression se durcit :

— Vous avez des preuves de ce que vous avancez ?

— Puis-je fouiller son sac ?

— Si vous étiez dans mon pays, je vous ferais pendre pour insolence !

L'homme afficha une attitude plus révérencieuse encore.

— Nous vous demandons respectueusement la permission d'examiner les effets personnels de mademoiselle.

— Non.

— Mais Votre Altesse…

— Vous venez d'offenser ma femme, vous venez d'offenser mon pays et ma famille, et vous m'offensez personnellement ! Je vous conseille d'appeler votre supérieur, parce que je vous garantis que cet affront ne restera pas impuni.

Les deux hommes reculèrent d'un pas, et Khalid prit fermement la main de Liv dans la sienne.

— Personne ne te fera de mal, dit-il en la serrant plus fort. Je te le promets.

Elle frissonna et se plaça en retrait.

— Khalid, je te jure que je n'ai rien volé dans ces tombes, articula-t-elle d'une voix tremblante.

— Je le sais, dit-il avec douceur.

— C'est vrai, tu le sais ? Parce que jamais je n'aurais fait ce dont ils m'accusent, et je…

Un talkie-walkie à la main, l'un des hommes s'interposa et l'interrompit.

— Votre Altesse, si vous-même et mademoiselle Morse voulez bien…

— La *princesse Fehr*, corrigea Khalid en fusillant l'homme du regard.

— Bien. Si vous-même et la princesse Fehr voulez bien nous suivre, un hélicoptère arrive pour nous conduire au poste de police.

Au poste de police de Louxor les attendait le chef de la brigade, escorté d'une douzaine d'hommes en tenue. Khalid leur serra la main et appela par leur nom trois d'entre eux : deux représentants de Sarq ainsi qu'un Egyptien ami de la famille Fehr.

Liv ne comprenait pas leur discussion mais elle percevait la colère de Khalid à sa manière de parler. Il était clair qu'il entendait exiger réparation.

L'entretien dura un peu plus d'une demi-heure. Enfin, Khalid lui prit la main et l'entraîna au-dehors.

— Que va-t-il se passer, maintenant ? demanda-t-elle, inquiète, comme il affichait une expression morose.

— Rien.

— Comment ça ?

— L'affaire est classée.

— Mais… Et Elsie ? Que va-t-il lui arriver ?

— Ils viennent de lever les charges qui pesaient contre elle, et elle pourra rentrer chez elle dès ce soir.

Gagnée par la perplexité, Liv s'arrêta et le fixa droit dans les yeux :

— Je ne comprends pas. Alors il n'y avait pas de drogue, dans ce sac ? A-t-elle pu prouver que le paquet ne lui appartenait pas ?

Khalid haussa les épaules.

— Je crois que nous ne le saurons jamais. Il est bien possible qu'un militaire ait placé ce paquet dans ton sac au moment où ton car a été arrêté, à Jabal. Les circonstances sont si mystérieuses que malgré les pressions exercées par les dirigeants de Jabal, la police égyptienne a décidé de ne plus te poursuivre.

Comme il se taisait, elle le dévisagea encore longuement avant de déclarer :

— C'est toi… Tu ne m'as pas sauvée seulement une fois, mais deux. Et par la même occasion, tu as également sauvé Elsie.

Il haussa les épaules, visiblement gêné.

— J'avais promis de te protéger.
— Mais tu l'as tirée de ce mauvais pas, elle aussi…
— C'est bien ce que tu voulais, non ?
Elle sourit.
— Oui.

Après leur vol de retour pour Le Caire, ils avaient aussitôt embarqué dans le jet de Khalid.

Les yeux braqués sur son hublot, Liv regardait le soleil se coucher sur l'Egypte, dont elle s'éloignait peu à peu… La vision était splendide. Décidément, ce pays lui aurait offert des images plus magnifiques les unes que les autres.

— Nous rentrons à Sarq ? demanda-t-elle quand le steward eut débarrassé leur table.

Elle s'aperçut alors que Khalid n'avait pas touché à ses plats, tout comme elle.

— Non, répondit-il d'un ton hésitant. Je dois m'occuper de certaines choses avant.

Elle le dévisagea longuement, songeant avec inquiétude qu'elle ne l'avait pas vu sourire depuis des heures. Depuis cette arrestation à Louxor, il n'était plus le même. Etait-il fâché contre elle ? Lui avait-elle fait honte en public ?

— J'ai fait quelque chose de mal ? s'enquit-elle.
— Non.
— Mais à la vallée des Rois…
— C'est fini, maintenant, coupa-t-il.

Son refus de parler ne fit qu'accroître son inquiétude. Quelque chose le tracassait. Mais quoi ?

Elle brûlait de le savoir, mais elle n'osait le brusquer après tout ce qu'il avait fait pour elle. Ne méritait-il pas un peu d'intimité ?

Ainsi le vol s'écoula-t-il dans le silence, sans qu'ils n'échangent plus une parole.

Et pour la première fois depuis qu'elle le connaissait, Liv comprit qu'elle ne supportait pas l'idée que Khalid puisse lui en vouloir.

La surprise de découvrir où ils arrivaient lui offrit cependant une distraction de taille : il faisait nuit noire quand l'appareil se posa à Paris.

Paris…

En Alabama, elle n'aurait jamais osé rêver qu'elle allait un jour visiter cette ville de tous les fantasmes… Et pour un voyage de noces, c'était sans doute l'idée la plus romantique qui fût. Un fin rideau de pluie voilait l'atmosphère, mais elle contempla, émerveillée, les monuments qui se dressaient devant elle. Une superbe Bentley grise les conduisait place Vendôme, au *Ritz*, mais elle eut le temps d'apercevoir le Sacré-Cœur, la tour Eiffel, les Champs-Elysées et la fontaine du Trocadéro.

Chaque fois qu'elle reconnaissait une place ou un monument, elle se retournait vers Khalid ; mais celui-ci restait tourné vers la fenêtre, silencieux, se contentant de sourire ou de hocher la tête.

Enfin, ils parvinrent au *Ritz*, dans une suite plus somptueuse encore que celle du *Mena House*.

Ils dînèrent dans leur chambre, servis par un domestique qui demeura auprès d'eux durant tout le repas.

Alarmée par le silence de son compagnon, Liv n'osait l'interroger. Rongeant son frein, elle attendit avec impatience la fin du dîner, et le moment où ils iraient se coucher.

Mais lorsqu'elle vit Khalid s'installer dans l'une des chambres, lui en laissant une autre, elle ne put dissimuler plus longtemps son angoisse.

— Tu es fâché après moi, affirma-t-elle en se postant

devant lui. Dis-moi ce que j'ai fait pour que j'évite que cela se reproduise.

Il secoua la tête.

— Ce n'est pas toi…

— Khalid !

— Je crois que nous devrions éviter de parler ce soir, déclara-t-il en se dirigeant vers sa chambre.

— Mais pourquoi ne veux-tu pas dormir avec moi ?

— Nous avons vécu beaucoup de choses, en une semaine…

— Oui, admit-elle. Et alors ?

— Alors je crois qu'un peu de solitude ne nous ferait pas de mal.

— Je n'en ai pas besoin.

Il leva les yeux vers elle et posa un doigt sur sa joue.

— Je ne suis pas d'accord. Tu as traversé bien des épreuves. Ta tête doit tourner si vite que tu ne sais même plus où tu vas, ni ce dont tu as besoin.

Elle fixa intensément son couvre-lit aux motifs de fleurs de lys.

— Tu regrettes de m'avoir épousée, lança-t-elle.

— Je regrette que ce mariage ait eu lieu dans ces conditions, oui.

— Pourquoi ?

— Aucune femme ne devrait être contrainte au mariage, souffla-t-il. Et la nuit dernière, je t'ai obligée à…

— Non, ce n'est pas vrai ! s'exclama-t-elle.

— Je suis sincèrement navré, poursuivit-il. Je ne voulais que te protéger, et…

— Et tu l'as fait, affirma-t-elle. Khalid, tu n'as rien fait d'autre que m'offrir ton aide !

Il détourna les yeux, hocha la tête et poussa un profond soupir.

— Tant mieux, alors… Dors bien. Et tâche de ne pas faire de cauchemars cette nuit.

Le cœur brisé, elle le regarda entrer dans sa chambre tandis qu'elle demeurait sur le seuil, immobile.

— Je n'en fais plus, murmura-t-elle.

— Ah non ?

— Non. C'est toi qui les as fait disparaître.

12.

Après une nuit de sommeil bien courte, Liv rabattit son drap sur sa tête quand la lumière se fit dans sa chambre.

Khalid venait d'entrer et avait ouvert tous les rideaux.

— Envie de visiter Paris ? s'enquit-il.

Elle jeta un coup d'œil vers le ciel d'un gris maussade et haussa les épaules.

— Il pleut.

— Mais il pleut souvent, dans cette partie de l'Europe… Tu ne vas pas renoncer à une visite pour ça !

Il semblait si semblable au Khalid qu'elle connaissait qu'elle se laissa bien vite gagner par son enthousiasme.

— D'accord ! Donne-moi une demi-heure pour me laver et m'habiller.

— Entendu. Je vais te commander un petit déjeuner qui devrait te plaire…

Il disparut, et Liv sauta à bas de son lit, excitée à l'idée de visiter Paris avec lui. Khalid avait fait de l'Egypte un pays magique pour elle. Qu'en serait-il ici ? Peut-être iraient-ils déambuler sur les quais de la Seine ou à Montmartre, main dans la main, avant de voir les jardins du Luxembourg ou ceux de Versailles ?

La matinée s'écoula vite.

Après avoir dégusté des croissants dorés à souhait et découvert le plaisir de tremper une tartine de confiture dans son café au lait, Liv suivit Khalid dans ses quartiers parisiens favoris.

Ils étaient à Montparnasse quand la pluie redoubla d'intensité. Liv éclata de rire :

— Je suis vraiment trempée jusqu'aux os ! Rentrons, tu veux bien ?

— Oui, il est temps de rentrer, admit-il avec un étrange sourire, tout en hélant un taxi.

Dès qu'une voiture s'arrêta à leur hauteur, il ouvrit la portière et invita la jeune femme à s'engouffrer à l'intérieur.

— Vas-y, dit-il.

Liv restait interdite, face à lui, et le regardait sans comprendre.

— Que j'y aille ? Qu'est-ce que tu veux dire ? Aller où ?

— Rentre chez toi, répondit-il. Retourne là où est ta place.

Essuyant les gouttes qui lui tombaient sur le front, elle ouvrit de grands yeux et balbutia :

— Mais… nous sommes mariés ! Et je…

— Ça peut être annulé, coupa-t-il. Tu as été contrainte de m'épouser. Devant une cour, cette union n'est pas valide.

« Et moi ? Et nous ? » brûlait-elle de crier, tandis que son cœur s'emballait. Au lieu de quoi, elle demanda :

— Et Jabal ? Le gouvernement va certainement s'en prendre à toi, maintenant… Je ne veux pas que toi ou ton frère soyez en…

— Non, c'est terminé. Comme je te l'ai dit, l'affaire est classée. Jabal a joué ses cartes et a perdu. Du moins cette fois. Et ils n'ont pas les moyens de s'en prendre à Sarq. Ni à moi.

— Je ne comprends pas… Et ton nom ? Tout ce discours que tu m'as tenu sur l'honneur et la parole donnée ? Ta réputation ?

Il haussa les épaules.

— Tu m'as quittée… Tu t'es enfuie. C'est ce que je dirai si on m'interroge. Et de toute façon, personne ne le fera.

Le chauffeur de taxi passa une tête par la fenêtre et maugréa :

— Alors, vous montez, ou quoi ? Je n'ai pas toute la journée !

Khalid se retourna vers Liv et sourit.

— Ce monsieur est pressé. Dépêche-toi.

Liv ne parvenait pas à y croire. C'était pourtant ce qu'elle avait voulu, ce pour quoi elle s'était battue… Mais maintenant, elle ne comprenait plus rien. Etait-ce vraiment son souhait qui se réalisait ? Elle n'était pas prête…

Non. Elle était perdue.

— Mais, je ne sais pas…

— Va à l'ambassade américaine, expliqua-t-il, devançant sa question. Ils t'attendent et connaissent toute l'histoire. Tu n'as qu'à leur dire que tu viens de parvenir à m'échapper et que tu n'as ni valise, ni passeport. Ils te donneront tout ce dont tu as besoin.

— Oui, mais le billet de retour…

— Il est déjà payé. Tu n'as qu'à donner ton nom à l'accueil du guichet Air France.

— Mais mon passeport…

— Il t'attend à l'ambassade.

A court d'arguments, elle resta silencieuse, tandis que des larmes lui brûlaient les yeux.

Il y avait un moment que Khalid avait planifié tout ça. Dès leur départ d'Egypte, il savait qu'il allait lui demander de partir. Il avait joué son rôle jusqu'au bout…

— Pourquoi ? demanda-t-elle d'une voix étranglée ?

Il soupira.

— Parce que c'est ce que j'aurais voulu pour mes sœurs. Sois prudente, là-bas, princesse. Souviens-toi que des loups rôdent toujours…

— Khalid, je te reverrai ? demanda-t-elle, le cœur brisé.

— Si tu as besoin de moi.

Et avant qu'elle n'ait eu le temps de répondre, il la poussa doucement dans le taxi et claqua la portière.

Elle eut tout juste le temps d'apercevoir son profil avant que la voiture ne démarre.

Un instant plus tard, il avait disparu de son champ de vision.

— Facile de retrouver les voyageurs qui se déplacent en classe affaires !

Dans le petit salon de l'aéroport, Liv se retourna vivement pour trouver face à elle les yeux les plus bleus du monde…

— Jake ! s'écria-t-elle en se jetant dans les bras de son frère.

— Tu nous as tellement manqué… Et tu nous as fait si peur ! répondit Jake en l'embrassant chaleureusement. Viens, ne perdons pas de temps. Maman meurt d'impatience de te voir.

Comme dans un rêve, Liv suivit son frère jusqu'à sa voiture, garée sur le parking de l'aéroport. Tout en marchant, elle sentit les six dernières semaines s'évanouir dans un vertige… La vérité, c'est qu'elle ne parvenait pas encore à analyser ce qu'elle venait de vivre. Durant tout le vol, elle avait cherché à comprendre, mais c'était hors de sa portée : tout s'enchevêtrait, se confondait et paraissait chaotique, oscillant entre le cauchemar et le bonheur idyllique…

Pas de doute, rentrer chez elle allait lui remettre les idées en place !

— Tu as l'air en pleine forme, nota Jake dans la voiture. Tu es bronzée, et tu portes des vêtements de lady.

— C'est Khalid. Il m'a offert une garde-robe complète, soupira-t-elle.

— Khalid ? Tu veux dire le cheikh Fehr… Eh bien il a bon goût.

Liv acquiesça et fixa la route familière qui s'allongeait devant elle.

— Avez-vous réellement été fiancés ? s'enquit soudain Jake.

— Oui, brièvement, mentit-elle, songeant qu'il était inutile d'accabler son frère avec ses problèmes personnels.

— C'est la raison pour laquelle tu portes cette bague ahurissante ? reprit-il en désignant son annulaire.

Oh, Seigneur… Elle avait oublié de rendre la bague à Khalid. Tout était allé si vite ! Et elle était tellement habituée à ce bijou, désormais.

— Jamais je ne saurai exprimer toute ma gratitude à cet homme, enchaîna Jake. J'étais désespéré avant qu'il ne se manifeste et qu'il ne parvienne à te localiser…

— Moi aussi, répondit-elle.

« Et moi aussi, je lui voue une reconnaissance infinie », songea-t-elle.

Il y eut un long silence. Liv revoyait le visage de Khalid, à l'instant où il l'avait poussée dans le taxi.

Un visage méconnaissable.

— Je suis vraiment heureux que tu sois de retour, Liv, lança Jake en arrêtant la voiture devant leur maison. Viens vite ! Maman t'a préparé son fameux gâteau à la banane !

Durant tout le repas, sa mère l'avait serrée contre elle, répétant sans cesse : « Ma Liv est à la maison… Enfin, enfin ! » Et Liv avait été infiniment heureuse et soulagée de trouver sa mère en si bonne forme.

Mais une fois dans son lit, alors que le décalage horaire aurait dû la plonger très vite dans un profond sommeil, elle se retourna en tous sens et ne cessa de penser à Khalid.

Il lui manquait.

Terriblement.

Sa voix lui manquait. Son sourire, son léger parfum poivré et citronné, la douceur de son rire si suave, sa haute silhouette, sa présence réconfortante… et ses baisers envoûtants.

Et puis, le souvenir de leur nuit de noces la hantait.

Si elle avait disposé de son numéro de téléphone, elle aurait sauté de son lit pour l'appeler. Mais elle ne savait ni où, ni comment le contacter.

Où était-il ? Au palais royal de Sarq ? Dans le désert ?

Serrant son oreiller de toutes ses forces entre ses poings, elle tenta de lutter contre le chagrin qui l'étreignait.

Il lui avait fait si mal…

Il était son mari. Pourquoi l'avait-il renvoyée chez elle, à l'autre bout du monde ?

13.

Quatre longues semaines s'étaient écoulées avec une lenteur insupportable et un ennui presque intolérable.

Liv s'était hâtée de reprendre son travail à l'agence, afin de s'occuper l'esprit et de retrouver un rythme de vie régulier. Mais son métier lui paraissait désormais dépourvu d'intérêt. La plupart des clients ne savaient même pas où ils voulaient aller. Ils n'avaient pas de désir, sinon celui de faire la sieste au soleil durant une quinzaine de jours.

C'était déprimant.

Les jours passaient, semblables et vides, s'égrenant telle une litanie sans début ni fin.

Lorsqu'un couple vint lui commander un voyage en Egypte, elle ne put s'empêcher de vanter les splendeurs du Nil, et une fois encore, ses pensées se tournèrent vers Khalid.

Khalid. Le prince du désert... L'homme de ses rêves, qui lui avait fait mener une existence de volupté pure. Alors que la vie à Pierceville était devenue assommante... Son travail ne lui offrait guère d'inspiration. Quant à sa vie privée, elle était désertique.

Toute son âme vibrait au désir de revoir les couleurs de l'Egypte, les sables d'ocre, la surface miroitante et opaque du Nil...

Et plus que tout, elle voulait se retrouver dans les bras de son prince.

— Tu as perdu du poids, nota Jake un matin, comme elle refusait de manger un muffin. Et je te trouve bien pâle…

— Je vais bien, protesta-t-elle.

— Non. Tu ne souris plus. Je sais aussi que tu dors mal, et que tu ne manges rien… Tu es comme ça depuis ton retour.

Les yeux rivés sur son bol de café, elle se demanda comment son frère réagirait si elle lui avouait qu'elle était tombée éperdument amoureuse d'un prince qui se trouvait être son mari, et qu'elle ne songeait qu'à le revoir, à vivre avec lui et à lui donner un enfant.

— Liv… Qu'est-ce qui se passe ?

Elle hésita, mais poussa un profond soupir et lui adressa un regard désespéré.

— Oh, Jake, qu'est-ce que je vais devenir ?

Son frère jeta un rapide coup d'œil derrière lui, s'assurant que leur mère ne se trouvait pas à proximité de la cuisine.

— A propos de quoi ? Quel est le problème ? demanda-t-il nerveusement.

— Je croyais que j'étais enceinte, mais hélas, je…

— Hélas ? Bon sang, tu es enceinte oui ou non ?

— Non.

— Dieu merci.

— Non, ce n'est pas une bonne nouvelle. Je *voulais* être enceinte.

Elle baissa la voix, le fixa droit dans les yeux et ajouta :

— Je veux porter son enfant.

Jake demeura interloqué durant une fraction de seconde, avant que les traits de son visage ne se détendent.

— Ah… Tu l'aimes, ton cheikh.

Des sanglots dans la gorge, Liv acquiesça.

— Beaucoup.

— Et tu voulais devenir sa femme…

— Je le suis ! Enfin, je l'ai été… En tout cas, je n'ai pas reçu de papiers attestant d'une annulation.

Jake secoua la tête.

— Olivia…

— En fait, je suis la princesse Olivia Fehr.

— Maman est au courant ? demanda son frère d'un air préoccupé.

— Non ! Bien sûr que non !

— Bon, ne lui dis rien. Si elle savait que tu t'es mariée sans elle… Elle aurait une deuxième attaque.

Assise devant son bureau, Liv classait ses dossiers tout en songeant qu'elle aurait bien besoin de prendre des vacances, elle aussi. Peut-être qu'une semaine pas trop loin, au Mexique ou au Brésil, lui serait bénéfique ?

Elle soupira et regarda sans les voir les quelques clients présents dans l'agence, et dont ses collègues étaient en train de s'occuper. Oui, des vacances lui feraient du bien… Elle tentait vainement de s'en convaincre, sachant pourtant parfaitement où la portaient ses désirs, quand soudain, elle aperçut une silhouette devant la porte.

Elle leva les yeux.

Lui.

Devant l'agence. Il la regardait… Non, c'était impossible !

Incapable d'esquisser un mouvement, elle demeura pétrifiée une longue minute.

Khalid ! C'était bien Khalid… Dans un costume d'une élégance inconnue à Pierceville. Resplendissant de charisme et de virilité.

La clochette de la porte tinta, et, sans un regard pour les autres personnes présentes, il s'approcha d'elle, un sourire aux lèvres.

— Que… qu'est-ce que… Que fais-tu là ? bredouilla-t-elle, sidérée.

— J'ai besoin de préparer un voyage, répondit-il, comme si c'était l'évidence même.

— Mais je… Euh, tu veux t'asseoir ? demanda-t-elle, s'efforçant d'ignorer les battements précipités de son cœur.

— Oui, merci. J'ai fait une longue route.

Encore sous le choc de la surprise, Liv le regarda s'installer face à elle avant de pouvoir parler de nouveau.

— En effet, c'est une longue route pour préparer un voyage…

— Mais tu es excellente dans ton travail, paraît-il.

Seigneur… Cette bouche de velours, ce teint d'olive, ces yeux d'un noir profond… Oh, il lui avait tant manqué ! Et il était là, en chair et en os, devant elle !

A Pierceville !

— Euh, que recherches-tu, exactement ? reprit-elle en se passant une main dans les cheveux.

— Eh bien… Je voudrais voir le monde.

— Ah… Et d'où partirais-tu ?

— De Sarq.

— Bien. Et comment aimerais-tu voyager ?

— Dans mon jet.

— Oui. C'est sans doute agréable… Bien que je doive te dire que j'ai beaucoup apprécié la classe affaires, précisa-t-elle en lui adressant un rapide coup d'œil.

— Content que tu aies apprécié.

Malgré elle, elle ne put se contenir et rétorqua du tac au tac :

— Et tu es content de m'avoir renvoyée chez moi ?

Il la fixa longuement avant de déclarer :

— C'était ce que tu voulais.

Elle ouvrit la bouche pour protester, mais se ravisa. Oui, bien sûr, c'était ce qu'elle avait voulu… Au début ! Avant de tomber follement amoureuse de lui.

— Khalid, pourquoi es-tu ici ?

— Je t'ai dit que je serais là si tu avais besoin de moi, tu te rappelles ?

— Oui.

— Ton frère m'a dit que tu avais besoin de moi. Je suis venu… C'est vrai ?

Ainsi, c'était Jake…

Elle soutint son intense regard noir et se sentit flancher. Impossible de lui mentir.

— Oui, dit-elle.

— Alors je dois intervenir ?

— Oui.

— Et de quoi puis-je vous sauver, aujourd'hui, princesse Fehr ?

— D'un chagrin d'amour.

Les mots semblèrent claquer dans la pièce. Khalid la dévisagea un long moment. Enfin, ses traits se détendirent, et il murmura, une lueur d'espoir dans les yeux :

— Tu m'aimes !

Ne retenant plus ses larmes, Liv se leva et se précipita entre ses bras.

— Oui, oui, oui !

— Oh, ma Liv, dit-il en lui caressant les cheveux avant de couvrir son visage de tendres baisers, je t'aime de tout mon cœur…

— Tu en es sûr ?

— Oui !

— Alors tu vas m'épouser ?

Il plongea son regard dans le sien et éclata de rire.

— Ma chérie, nous sommes déjà mariés !

— Je le sais bien, mais j'aimerais mieux que ma mère ne l'apprenne pas… Elle rêve d'assister un jour à mon mariage, et elle voudrait tout organiser…

— Je ne vois aucune raison de lui ôter ce plaisir ! D'autant plus que je serais très fier de t'épouser parmi les tiens, ici, à Pierceville.

— Quoi ? Tu veux te marier ici ? demanda-t-elle, stupéfaite.

— Pourquoi pas ?

— Mais, parce que… Tu es un cheikh ! Un membre de la famille royale de Sarq ! Tu te rends compte que nous sommes au milieu de nulle part, dans l'Amérique profonde et rurale ?

Il haussa les épaules.

— Nous nous sommes mariés en Egypte… J'ai envie que tu deviennes ma femme ici, chez toi. Ce qui ne nous empêcherait pas de célébrer une troisième cérémonie à Sarq, si tu en as envie.

— Tu plaisantes ? Trois mariages ? Mais Khalid…

Il couvrit ses lèvres des siennes, l'embrassant avec une infinie tendresse.

Grisée par le goût sucré de cette bouche dont elle avait rêvé durant des nuits, elle s'accrocha à son cou et l'étreignit à son tour avec ferveur.

— Oh, Khalid, mon amour… Si tu savais combien tu m'as manqué.

— Je n'ai pensé qu'à toi, Liv.

— C'est vrai ?

— Oui. Si vrai que je serais venu même si ton frère ne m'avait pas appelé. Si vrai que j'ai envie de t'épouser encore et encore, chaque fois que tu le voudras aussi.

Soudain consciente que tous les regards étaient braqués sur eux depuis un bon moment, Liv se retourna vers les clients et ses collègues avant de s'écrier :

— Je vous présente mon fiancé, le cheikh Khalid Fehr ! Nous allons nous marier !

Comme chacun applaudissait et que des cris de félicitations

fusaient de tous côtés, Liv se mit à rire et retomba dans les bras de Khalid pour l'embrasser amoureusement.

Puis, elle lui adressa un clin d'œil :

— En fait, tu n'as pas vraiment besoin d'un conseil pour ton prochain voyage ?

— Au contraire ! répliqua-t-il en la couvrant de baisers. J'ai besoin de savoir où tu veux passer notre lune de miel !

— Ça m'est égal, du moment que nous sommes ensemble, répondit-elle, bouleversée et émue au-delà de tout.

Il fit mine de réfléchir.

— Hum... Quoi de plus romantique que le lieu de la rencontre... Jabal ?

Elle fronça les sourcils.

— Si tu connais un hôtel confortable à Sarq, je crois que je préfère commencer notre voyage de noces en trinquant avec ton frère et ta belle-sœur !

— D'accord, souffla-t-il en l'embrassant dans le cou. Mais avant de te conduire dans une suite nuptiale et de t'y tenir enfermée durant des jours et des jours, je compte bien faire la connaissance de ma belle-mère et de mon beau-frère... Tu crois qu'ils vont m'apprécier ?

Touchée par son inquiétude, elle murmura :

— Quelle mère ne rêve pas de voir sa fille épouser un prince ? Quant à mon frère, tu es déjà son héros... Ils vont t'adorer !

Il prit sa main dans la sienne et la serra.

— Liv, nous vivrons où tu voudras... Tu sais que le jet nous permet de nous envoler quand nous le voulons. Si tu veux passer une partie de l'année ici, auprès de ta famille, ce sera facile. A condition que tu me laisses partager ta chambre !

Liv sentit soudain son cœur déborder de bonheur et de tendresse. Elle avait envie de rester auprès de Khalid, à Sarq, chez lui. Mais savoir qu'elle pourrait revoir les siens aussi souvent qu'elle le souhaiterait était un immense soulagement.

— Je t'aime, Khalid Fehr, cheikh du grand désert de Sarq et prince de mon cœur…

Une lueur s'alluma dans les yeux noirs de Khalid.

— Dis-le encore.

— Cheikh du désert ?

— Non, l'autre titre…

Elle posa ses lèvres tout contre les siennes.

— Tu veux dire, prince de mon cœur ?

— C'est ça.

— Tu l'es.

— Je le sais, dit-il, un sourire malicieux aux lèvres. Mais je ne me lasserai jamais de te l'entendre dire.

LA PROMESSE IMPOSSIBLE, Maggie Cox • *N°2866*

Freya sait que Nash Taylor-Grant, spécialiste des médias et des relations publiques, est sa dernière chance. Grâce à lui, peut-être pourra-t-elle bientôt remonter sur scène et renouer avec le succès ? Pourtant, Freya sait aussi que Nash représente un danger pour elle. En effet, alors qu'elle s'est juré de ne plus jamais accorder sa confiance à un homme, elle se sent incapable de résister à son charme…

PASSION À SANTIAGO, Jacqueline Baird • *N°2867*

En se rendant à Santiago à la mort de son père, un homme qui ne s'est jamais soucié d'elle, Julia n'a qu'un espoir : régler au plus vite son héritage pour payer les soins médicaux dont sa mère a besoin. Mais sur place, elle apprend que pour hériter, elle va devoir épouser Randolfo Carducci, l'exécuteur testamentaire de son père, et rester au Chili avec lui…

L'ENFANT DU CHEIKH, Susan Stephens • *N°2868*

Lucy est folle de joie à l'idée de restaurer le palais du souverain d'Abadan. Mais son bonheur est de courte durée lorsqu'elle découvre que le cheikh n'est autre que l'inconnu avec lequel elle a passé une nuit d'amour passionnée, deux ans plus tôt… La surprise passée, la panique la gagne. Comment cacher à Khalil qu'elle a eu un fils de lui, un petit garçon avec lequel elle séjourne à Abadan ?

COMME UN SORTILÈGE, Kim Lawrence • *N°2869*

Révoltée par la façon dont Alex Carides a trahi sa sœur, enceinte de lui, Becca s'est juré de faire capoter le mariage que ce bellâtre doit conclure avec une riche héritière. Mais alors qu'elle s'avance vers l'autel pour s'opposer à cette union, elle sent une main se poser sur son bras. Comme électrisée, Becca se retourne. Devant elle se tient le plus bel homme qu'elle ait jamais vu. Un homme qui n'est autre que le cousin d'Alex. Un Carides. Et donc un ennemi…

AMOUREUSE D'UN CÉLIBATAIRE, Carole Mortimer • *N°2870*

- SAGA DES GAMBRELLI -

Pour venger sa meilleure amie abandonnée par Luc Gambrelli, le richissime producteur de cinéma, Darci décide de séduire celui-ci avant de l'humilier en le rejetant. Mais son plan se retourne bientôt contre elle... Car Luc est un homme infiniment séduisant, plein d'humour et de charme, bien loin de l'image qu'elle se faisait de lui...

Attention, numérotation des livres pour le Canada différente : numéros 1493 à 1498

BestSellers

A paraître le 1er mars

Best-Sellers n°366 • roman

Blonde Geisha - Jina Bacarr

Selon les préceptes japonais les plus anciens, la sexualité et les fantasmes érotiques doivent rester des secrets bien gardés. Pourtant, à quinze ans à peine, la jeune Américaine Kathlene Mallory va entrer dans le monde sensuel des geishas quand son père, afin de la protéger de la menace qui pèse sur elle, la place dans une maison de thé. Commence pour elle une savante initiation à l'art de donner du plaisir aux hommes, qui la conduira à l'ultime rituel des apprenties geishas : la vente de sa virginité. Mais celui qui réclame le droit de payer pour un tel honneur, le cruel baron Tonda, n'est pas l'homme pour lequel la jeune fille brûle d'un désir secret. Pire, il est celui qui ruinera la maison de thé, et mettra la vie de Kathlene en danger, s'il n'obtient pas ce qu'il désire…

Best-Sellers n°367 • thriller

Disparue - Chris Jordan

Maman, j'ai besoin de toi. S'il te plaît, il faut que tu…

Brusquement, la communication est coupée. Pour Jane Hartley, mère célibataire à Long Island, le cauchemar commence : sa fille a disparu. Pourtant la police, qui retient la thèse de la fugue, refuse de lui apporter son aide. Désemparée et morte d'angoisse, Jane se tourne vers Randall Shane, un enquêteur privé spécialisé dans les disparitions d'enfants, pour retrouver sa fille. Car le temps presse, et le ravisseur, implacable, ne reculera devant rien pour voir ses exigences satisfaites…

Best-Sellers n°368 • thriller

Dors petit ange - Gwen Hunter

En Caroline du Sud, plusieurs fillettes ont disparu. Elles ont toutes été retrouvées enterrées, le corps positionné avec soin, comme si elles dormaient paisiblement…

Quelques mois plus tard, Ashlee Davenport, infirmière légiste, découvre un cadavre de fillette enseveli dans sa propriété de Chadwick Farms. Bouleversée, elle est prête à tout pour mettre un terme à cette folie meurtrière. Même à mettre sa propre vie en danger. Et sa détermination a éveillé l'intérêt de l'assassin…

Best-Sellers n°369 • thriller

Et la mort nous séparera - Gayle Wilson

Sur les marches du tribunal d'où l'assassin de son petit garçon sort en homme libre, Sarah Patterson s'apprête à tirer. Au moment où le regard de la jeune femme croise celui du serial killer, un policier l'empêche d'appuyer sur la détente. La rage au ventre, Sarah se jure d'exécuter sa vengeance, quoi qu'il lui en coûte. Même si le tueur, fasciné par cette femme prête à tout pour venger son enfant, rôde autour d'elle…

Best-Sellers n°370 • roman

La maison bleue - Sherryl Woods

Cadre dans les relations publiques, à New York, Hannah Matthews est une battante vers laquelle on se tourne en cas de crise. Et, bien qu'étrangère à toute idée de superstition, elle commence à s'interroger : n'y a-t-il pas un fond de vérité dans le vieil adage qui dit « Jamais deux sans trois » ? Car après avoir remporté une victoire contre la maladie, voilà qu'elle apprend que Jenny, sa mère âgée de 85 ans, refuse de vendre La maison bleue – vieille auberge délabrée sur une île de Floride, et que sa fille, Kelsey étudiante et âgée de 20 ans, est enceinte. Contrainte de se rendre de toute urgence en Floride, Hannah va reprendre – provisoirement —, la direction de La maison bleue. Et tenter d'aider sa fille… Mais elle ignore que Luke Stevens, l'homme dont elle était jadis amoureuse, est revenu lui aussi sur l'île pour réfléchir à son avenir…

Best-Sellers n°371 • historique

Le seigneur de Lochraven - Shannon Drake

Ecosse et Angleterre, 1561

Lady Gwenyth MacLeod, dame de compagnie favorite de la reine d'Ecosse Mary Stuart, est chargée par cette dernière d'une délicate mission : se rendre au palais de la reine Elisabeth d'Angleterre et convaincre la souveraine de ratifier son testament afin que Mary hérite de la couronne anglaise. Pour l'aider à mener à bien les négociations, Gwenyth se voit imposer la présence d'un chevalier proche de Mary : lord Rowan Graham, seigneur de Lochraven, un homme aussi mystérieux et indomptable que les Highlands sauvages dont il est natif. Un homme marié dont, d'emblée, la rude séduction envoûte et menace Gwenyth…

Best-Sellers n°372 • suspense

Le sang du silence - Christiane Heggan

1986. A New Hope, Pennsylvanie, une jeune fille du nom de Felicia est retrouvée assassiné. La police incarcère un simple d'esprit. Les rumeurs prennent fin dans la petite ville.

2006. Grace McKensy, conservateur de musée à Washington, apprend que son ancien petit ami, Steven, vient d'être assassiné à New Hope, où il tenait une galerie d'art. Grace va découvrir, avec l'aide de Matt, un agent du FBI originaire de la petite ville, qu'un silence suspect recouvre ces deux crimes… et qu'un terrible lien les unit, enfoui dans le passé de New Hope.

Best-Sellers n°373 • suspense

Le secret brisé - Jasmine Cresswell

Sa vie n'a donc été qu'un mensonge ? Lorsque Jessica Pazmary apprend qu'elle porte depuis toujours le nom d'une autre, elle est en état de choc. Elle n'était qu'une enfant lorsque ceux qu'elle prenait pour ses parents ont péri dans un accident de voiture. Et voilà qu'elle découvre, à trente ans, que ce couple n'a eu qu'une petite fille, morte en bas âge d'une leucémie… Jessica entame alors des recherches pour briser le secret de sa véritable identité. Même si elle doit déterrer des vérités destinées à rester enfouies à jamais…

Best-Sellers n°374 • roman

Le destin des Castelli - Jackie Collins

Quel lien y a-t-il entre Dani, danseuse à Las Vegas, Madison, brillante journaliste new-yorkaise et Vincent, businessman richissime et ambitieux ? Un homme : Michael Castellino, dit Castelli. Un homme, pris dans un engrenage de trahison et de vengeance, et au destin duquel est indissolublement lié celui des trois autres. Car seul le passé sulfureux de Michael explique pourquoi il n'a jamais épousé Dani, bien que fou amoureux d'elle et père de deux de ses enfants. Seule la découverte de ce père secret, à qui il ressemble tant, permet à Vincent de comprendre d'où il vient. Seules les erreurs et les troubles fréquentations de Michael sont cause du danger que court à présent Madison …

Composé et édité par les
éditions Harlequin
Achevé d'imprimer en janvier 2009

BUSSIÈRE
GROUPE CPI

à Saint-Amand-Montrond (Cher)
Dépôt légal : février 2009
N° d'imprimeur : 81969 — N° d'éditeur : 14074

Imprimé en France